アンダーニンジャ

UNDER NINJA

2

KENGO HANAZAWA

UNDER NINJA

KAPITEL 10

* chinesisches Gedicht

Parken verboten

Obschon ein Auftrag, widerstrebte es dem Mann doch, die männlichen Genitalien zu berühren.
公共料金等・収納代行票にてお支払いのお客様へ
Am Tag seiner Ankunft in Japan hatte er in einem Conbini einen French Hotdog gekauft.
Daran versuchte er in diesem Moment zu denken.

Er versuchte seinen Ekel zu verdrängen, indem er sich die Hoden als »Kordel«...
... und das Glied als »Würstchen« vorstellte. Mit einem bitteren Lächeln...
... dachte der Mann, dass er nie wieder einen Hotdog würde essen können.
ジョキ
FRPP
Doch dann...

... bemerkte er seinen Fehler. Aber es war schon zu spät.
Was sich der Mann als Hotdog vorstellte...
... war wirklich ein Hotdog!
キーン
TSING
ドッ
FTOP

Der Mann machte sich darauf gefasst, von hinten angegriffen zu werden.
トFTOP!!
駐輪禁止
Er dachte, er würde die Situation in den Griff bekommen.

グPNNG!!
Aber der Gegner war überraschend flink.
駐輪禁止

トッ
FTOP

トッ
FTOP
トッ
FTOP

FTOP
FTOP
FTOP
TLACK
BIN GANZ SCHÖN SCHWER GEWOR-DEN...

駐輪禁止
駐輪禁止

禁止

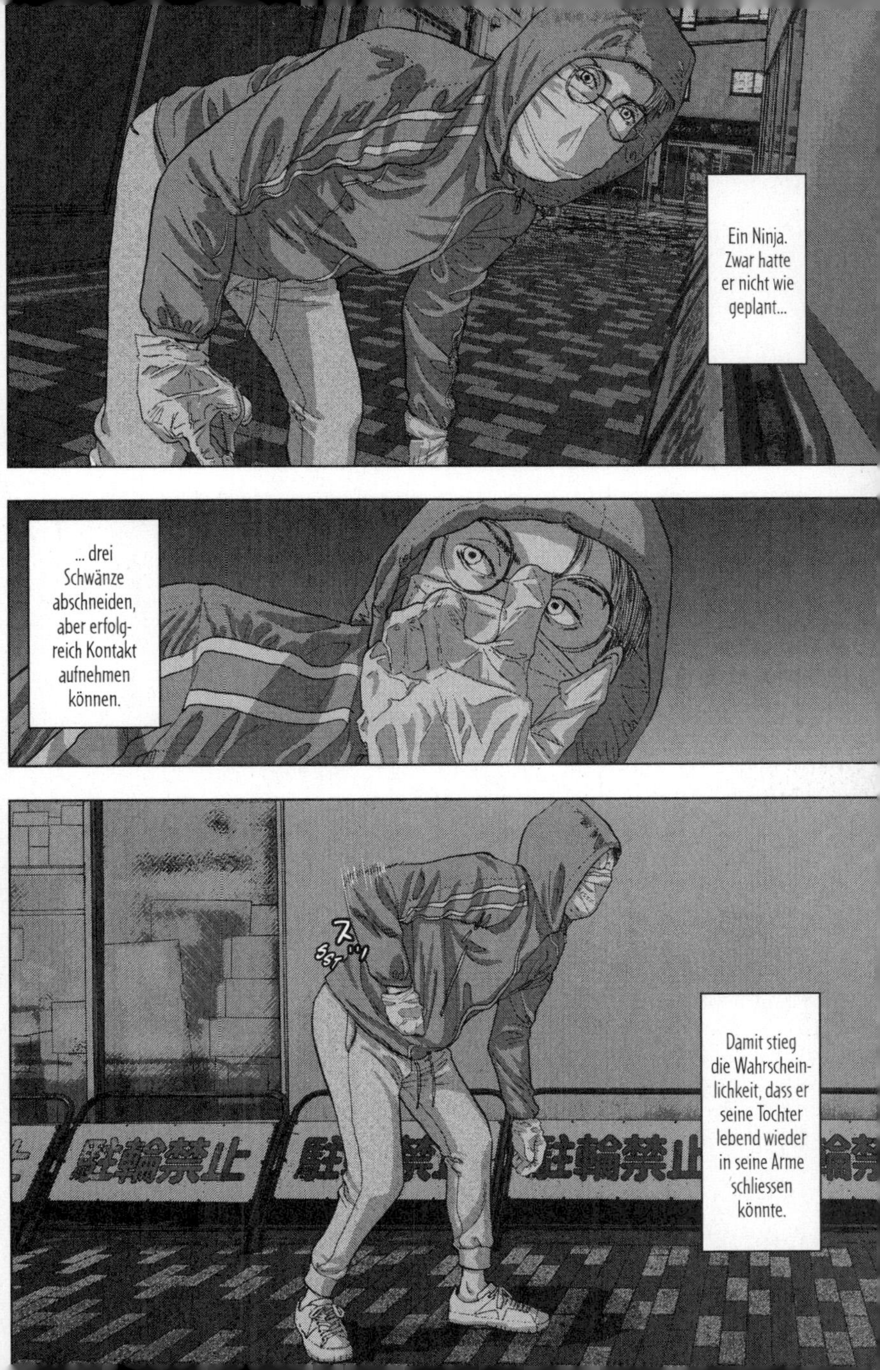
Ein Ninja. Zwar hatte er nicht wie geplant...
... drei Schwänze abschneiden, aber erfolgreich Kontakt aufnehmen können.
スッ
SST
駐輪禁止
駐輪禁止
Damit stieg die Wahrscheinlichkeit, dass er seine Tochter lebend wieder in seine Arme schliessen könnte.

Sein Wunsch, jemanden aus der weltweit mächtigsten Killerorgani-sation...
CHACK
... zu bekämpfen, brannte gleichzeitig stärker als die Liebe zu seiner Tochter.

EIN KARAM-BIT...?
ALSO EIN RUS-SISCHER KILLER?

タ FTA
タ TA ッ
ヒュ FWIU ッ
ト FWU ッ

FWIU
BFAH
BONK
FWOOSH
SST
KWIIIM

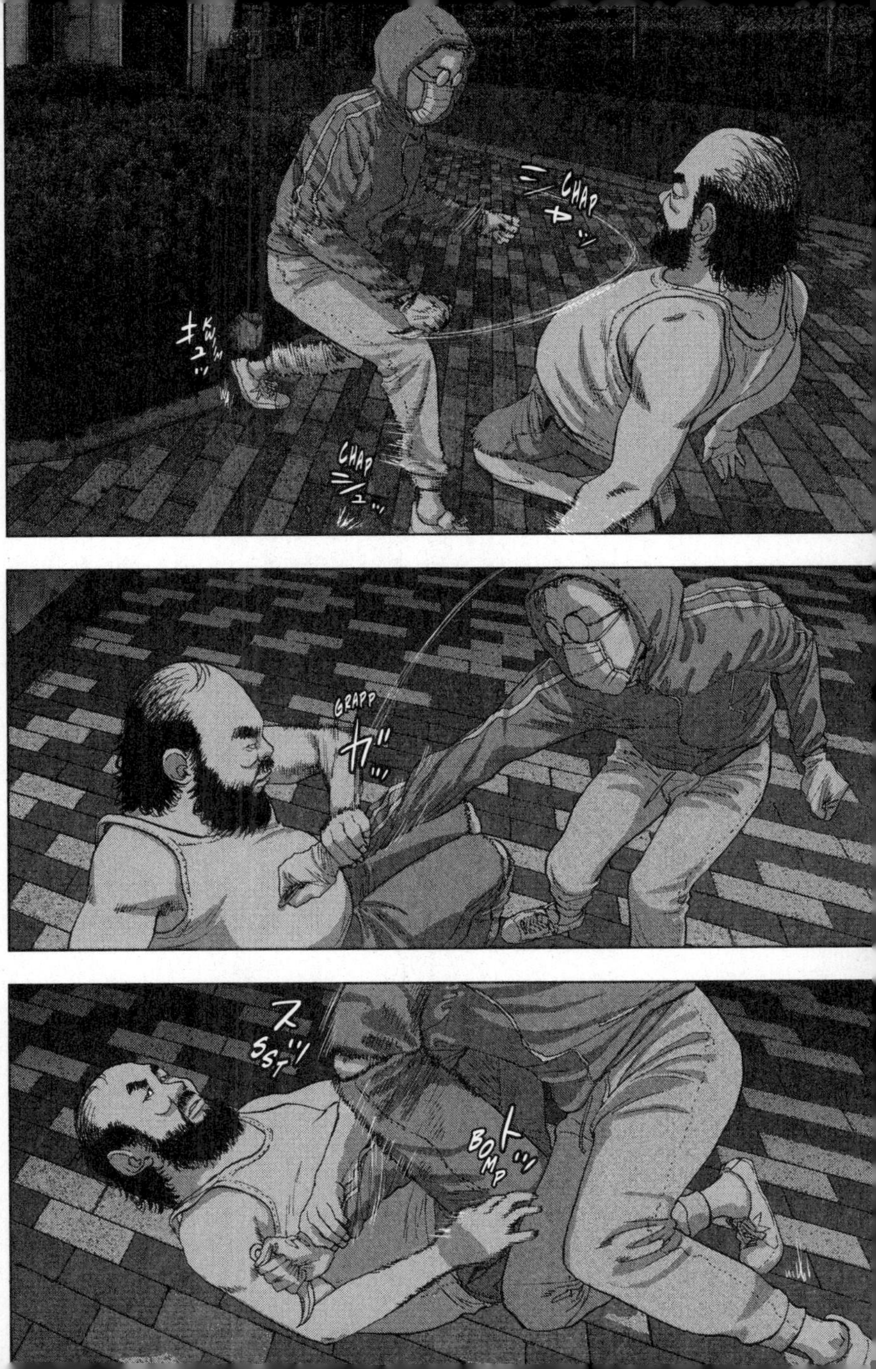
CHAP
KWIM
キュッ
CHAP
GRAPP
ガッ
SST
スッ
BOMP
トッ

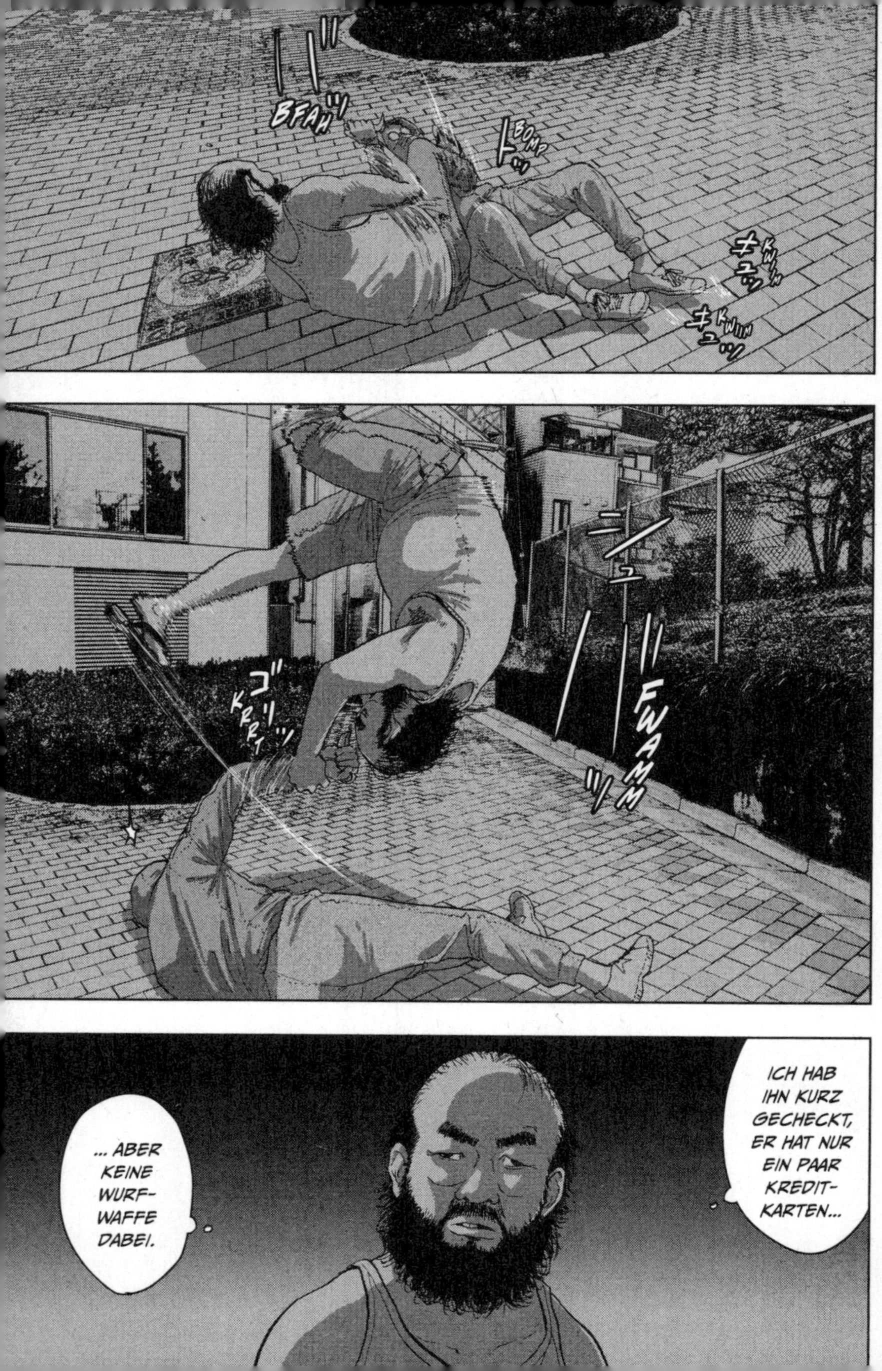
BFAH
BOMP
KWIIM
KWIIM
FWAMM
KRRIT
ICH HAB IHN KURZ GECHECKT, ER HAT NUR EIN PAAR KREDIT-KARTEN...
... ABER KEINE WURF-WAFFE DABEI.

Zur selben Zeit...
... stand der Junge, der den strafbaren Versuch unternommen hatte, mittels einer Drohne...
... den BH zu stehlen, vor dem Wohnhaus.
Was er dort sah, ließ ihn vollends die Fassung verlieren.

Der BH hing noch immer unerreichbar an der Wand des Wohnhauses.
Der Junge spürte...
... dass dies eine Falle war.
Wut kam in ihm hoch.
Der Junge hatte alle Bände der Mangaserie »Himizu« genau gelesen.
Falls dies eine sehr ausgeklügelte Falle eines Erwachsenen sein sollte...
... war der Junge nicht bereit, einfach so aufzugeben.

Der Kopf des Jungen schwirrte vor wilden, typisch pubertären Fantasien.
Angenommen, die Miss, der der BH gehörte, hatte ihm diese Falle gestellt...
... würde sie jetzt vielleicht mit nacktem Oberkörper hinter dem Fenster sitzen...
KOMM, ZIEH MIR MAL DEN BH AN.
... und darauf warten, dass er die Leiter in die Erwachsenenwelt erklimmen würde...

H...
HALLO?
?
TANG
FWOOSH

BRSS
バチ
BRSS
バチ
BRSS
バチ
ビリ
DZNK
ビリ
DZNK
ビリ
DZNK
ドッ
WUMP
HAT FUNKTIO-NIERT.
KAPITEL 10
ENDE

KAPITEL 11

TOK
TOK
Der Junge...
ZUCK
... erwachte.
Was in aller Welt...
... war passiert?
Ach ja, er war gestürzt, als er gerade nach dem BH greifen wollte.

Er befand sich irgendwo in diesem heruntergekommenen Wohnhaus.
Die Frage war nur...
In wessen Zimmer?
HAACH...
HE, WAS SEUFZT DU SO, KLEINER? GERADE, ALS DU DIR DEN BH...

... SCHNAPPEN WOLLTEST, HAST DU DICH HINGELEGT. DA HAB ICH DICH ZU MIR GEBRACHT.
DAFÜR SOLLTEST DU MIR DANKEN UND NICHT HIER RUMSEUFZEN.
TSS!
AH... HAST DU EBEN MIT DER ZUNGE GESCHNALZT? ICH KENN DICH.
ICH KENN DICH GENAU. DU BIST DER BH-DIEB!
ICH... SAGE NICHTS.
RUFEN SIE MIR BITTE ERST EINEN PFLICHTVERTEIDIGER. BIS DAHIN SAG ICH KEIN WORT.
FROK
FROK
FROK
DU... DER BURSCHE LABERT WOHL WAS AUS SEINER SCHULSTUNDE GESTERN.

Der Junge begriff: Sein Leben war in eine Sackgasse geraten.
Er dachte daran, das Ganze mithilfe des Messers...
... in seiner Tüte beenden.
DAS MESSER, DAS DU DABEIHAST, SCHNEIDET RICHTIG GUT.
FLUTSCHT NUR SO DURCH DIE EINGELEG-TEN AUBERGINEN VON ONO-SANS MUTTER. DIE SIND SONST SCHWER ZU SCHNEIDEN.

Der Junge erkannte seine Niederlage und gab all seine Pläne auf.
STEH LIEBER NOCH NICHT AUF. DU HAST DIR WAHRSCHEINLICH DEN KOPF GESTOSSEN.
...
WIESO BIST DU ZUSAMMENGEBROCHEN? PASSIERT DIR DAS OFT?
VIELLEICHT BLUTARMUT ...
NEIN, ICH HATTE EINEN STARKEN SCHMERZ IN DER SCHULTER UND HAB DANN...
WAS? NEIN, ICH BRECHE DOCH NICHT WEGEN EINER ANÄMIE ZUSAMMEN.

DU BIST BLUTARM.
ICH HAB MAL GEHÖRT, DASS SAUER EINGELEGTE AUBERGINE DAGEGEN HILFT, ODER AUCH NICHT.
...
SCHON MAL WAS VON HÖFLICHKEIT GEHÖRT?
ICH MAG SAUER EINGELEGTES NICHT.
BESONDERS AUBERGINE KANN ICH NICHT AUSSTEHEN.
VERSTEH ICH.
ICH MAG SIE AUCH NICHT MEHR, SEIT ICH DIE VON ONO-SANS MUTTER GEGESSEN HABE.
NA, HÖR MAL!
DAS IST JETZT ABER UNVERSCHÄMT, KURO-KUN!

HALLO!
JEMAND ZU HAUSE?
ギ KNARZ
ギ KNARZ
WAS DENN, SEID IHR AM TRIN-KEN? ICH WILL AUCH.
WIR FANGEN GERADE AN.

Der Junge erstarrte.
Vor seinen Augen stand die Besitzerin des BHs.
HIER HAST DU DEIN BIER ZURÜCK, ONO-SAN. JETZT SIND WIR QUITT.
NA... DAS WAR ABER MEHR ALS EINE DOSE...
JETZT MAUL MAL NICHT SO RUM...
OKAY, SCHON GUT.
UND?
WAS MACHT DER JUNGE HIER?
PSSSH
YEBISU
...
ÄHM... ALSO...

ER HAT DEN BH VON DER STRASSE AUFGELE- SEN...
... UND IST EXTRA HERGEKOM- MEN, UM IHN ABZUGEBEN.
ACH, ECHT? DANKE!
ÄH...
GER- NE...

ICH HAB...
DA BIN ICH HEIL-FROH!
MEINE NACHBARIN MEINTE, BEI IHR IST ZU WENIG SONNE...
... DARUM HAB ICH IHN BEI MIR AUFGEHÄNGT, UND PLÖTZLICH WAR ER WEG.
DA HAT SIE DOCH GLATT EINE ENTSCHÄDIGUNG GEFORDERT.
ABER EHRLICH... IST DAS MEIN PROBLEM?!
YEBISU
...
ACH, DANN... IST ER GAR NICHT VON IHNEN, KAWADO-SAN?
NATÜRLICH NICHT! ALS OB ICH SO EINEN TRAGEN WÜRDE.
DIE AUBERGINE IST ECHT LECKER!

WAS IST DENN LOS, KLEINER?
ICH GLAUBE, ICH HAB BLUTARMUT...
JA, DEFINITIV.
ACH, ÜBRIGENS! ICH HAB NEULICH EINEN PERVERSEN GESEHEN.
DER HAT AUF MEINE MUSCHI GEGLOTZT.

IHRE... MUSCHI ...?
MU-SCHI?
WIE KAM ES DENN DAZU? WAR DAS GEFÄHR-LICH?
GE-NAU... MEINE MUSCHI.
Es war für den Jungen das erste Mal, dass er das Wort für das weibliche Genital aus dem Mund einer Frau hörte.
Dies hatte für ihn einen süßeren Beigeschmack als der BH. Ihm war, als hätte sich eine neue Tür geöffnet.
NEIN... ICH WOLLTE AUF DEM PARKPLATZ PINKELN, UND DA SEH ICH EINEN AUSLÄNDER UNTERM AUTO!
ZUCK
UNTERM AUTO? JA, DAS KLINGT NACH EINEM PERVER-SEN.

KAWADO-SAN...
SLLP
ズズ
WAR DIESER AUSLÄNDER HELLHÄUTIG UND BLOND, MIT BRILLE UND EINEM BLAUEN HOODIE?
JA! GENAU!!
IST DAS EIN BERÜHMTER PERVERSER?
YEBISU

ABER DER TYP HATTE MEHR INTERESSE AN SCHWÄN-ZEN ALS AN MUSCHIS.
DASS ER MEINE GESEHEN HAT, WAR ECHT PERLEN VOR DIE SÄUE.
MEIN BEILEID!
KÖNNEN SIE GENAUER DAVON ER-ZÄHLEN?
Der Junge dachte, dass er doch noch ein bisschen am Leben bleiben wollte.

ヒュッ
FWUMM

バッ
BFAM
ギュッ
GWIP
シュッ
FWOOSH
キュッ
KWIP

クッ
BONK
シャッ
CHAP
ジャッ
CHAP
?!
ブルン
FWIRL
キュッ
KWIP

ビュッ
FWIUM
クーン
BONK
?!
ブルンッ
FWIRL
キュッ
KWIP
HAAH... HAAH...
トットッ
FTOTO

PAMM

カ TAK
カッ TAK

VSSHPPP
PUH...
KAPITEL 11
ENDE

KAPITEL 12

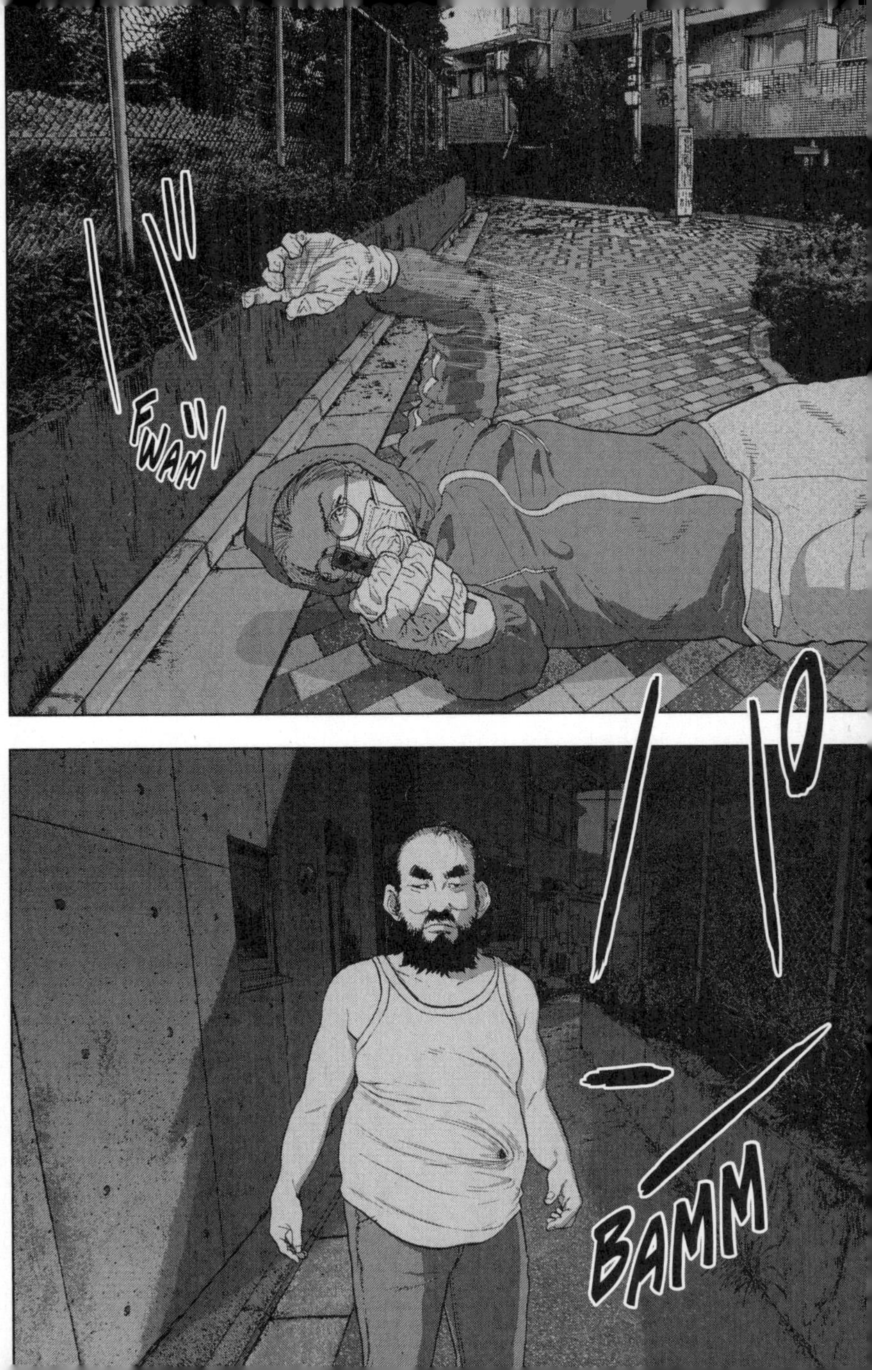
FWAM
BAMM

ACH SO...
MEIN FEHLER.
ザッ
FTAP
ALSO EINE WAFFE, DIE SICH WIE EINE KRE-DITKARTE ANFÜHLT.

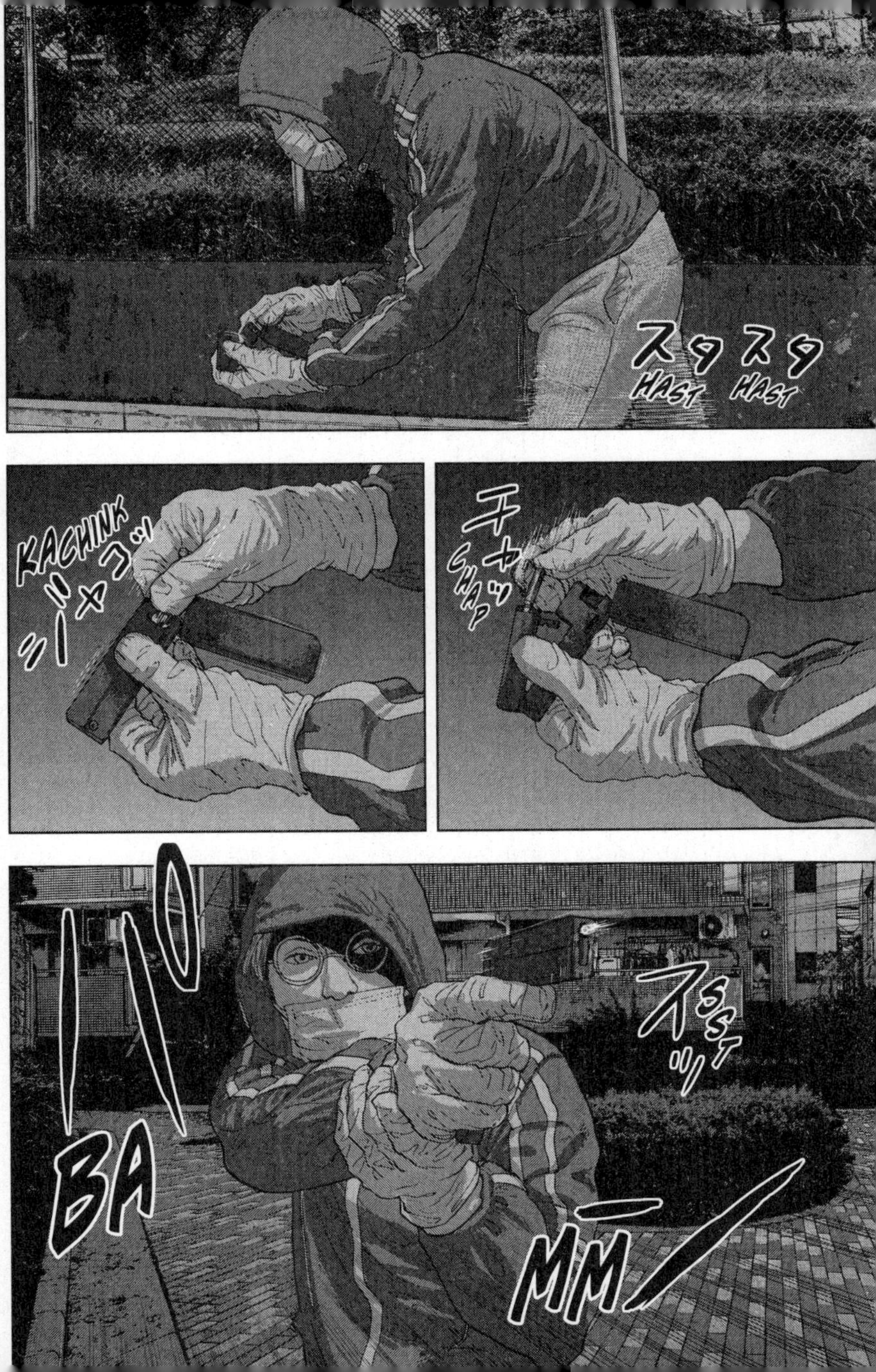

スタスタ
HAST HAST
ジャコッ
KACHINK
チャッ
CHAP
スッ
SST
パーン
BA
MM

KLIRR
トッ FTOP
トッ FTOP

トッ FTOP

НУЖНО ОПАСАТЬСЯ ТРЮКОВ ЭТОГО НИНДЗЯ.
(OBACHT VOR DEN TRICKS DIESER NINJAS!)
CHAP
НО Я ПРОЧТУ ЕГО ДВИЖЕНИЯ И НА ЗЕМЛЕ, И В ВОЗДУХЕ.
(ABER ICH SEH SEINE BEWE-GUNGEN DREIDIMENSIONAL.)
KLIRR
FLOP
BAMM

* Mantra der Ninja

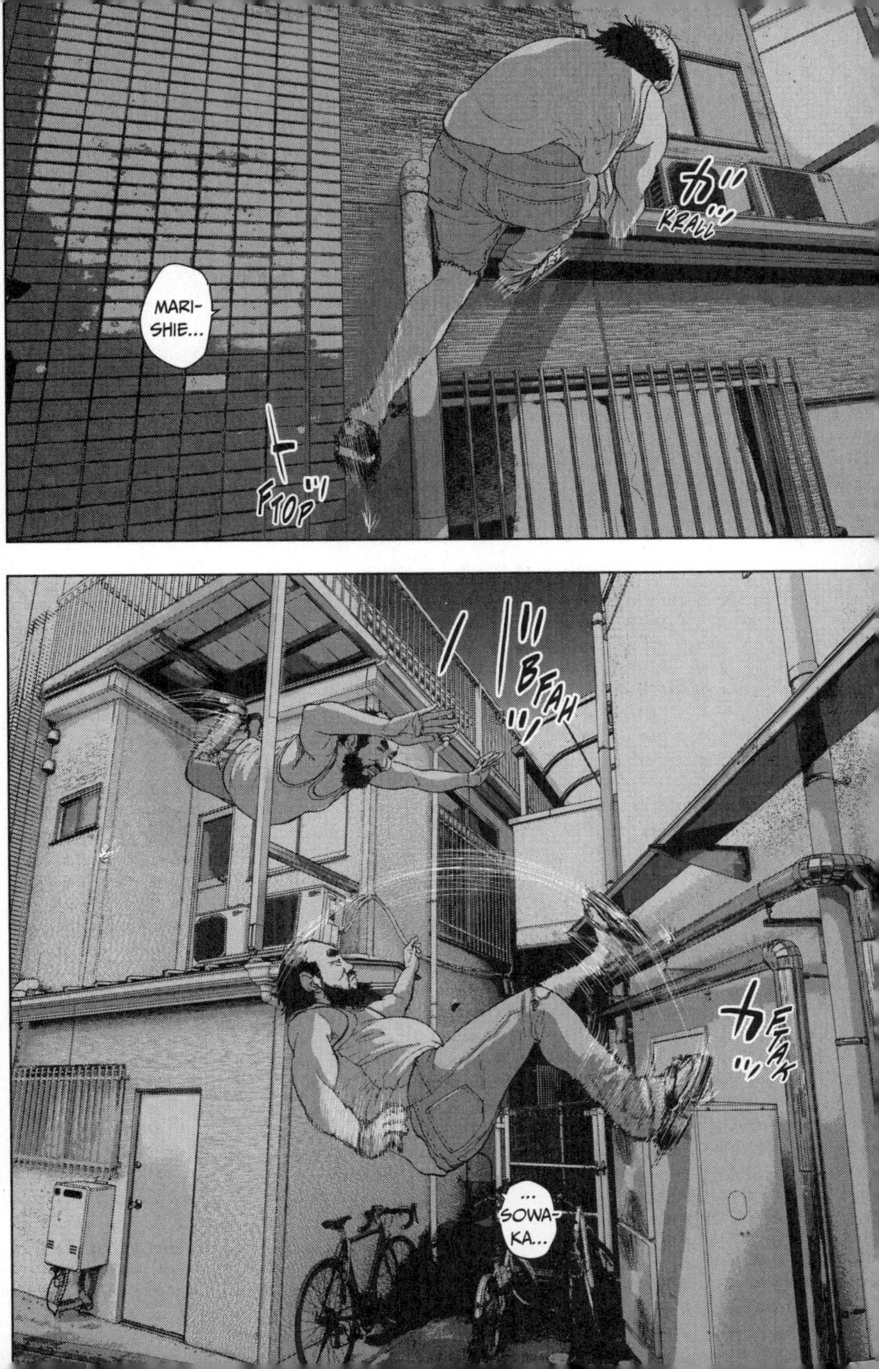

カ"
KRALL
MARI-
SHIE...
ト"
FTOP
ブ"
BFAH
カ"
FTAK
...
SOWA-
KA...

パ
BA
ガッ
TINK
MM

ЧТО?!
ОН ИСЧЕЗ
ВЫШЕ ПОЯСА?
(WAS?! SEIN
OBERKÖRPER IST
VERSCHWUNDEN?!)

ЭТО БЫЛА «ТЕХНИКА КАМУФЛЯЖА НИНДЗЯ»?
(IST DAS DIE CAMOU-FLAGE-TECHNIK?)
ズキ POCK
ズキ POCK
И Я НИ РАЗУ НЕ ПОПАЛ...
(ICH HAB NICHT MAL GETROFFEN.)
ガク RKK
ОН НАСТОЯЩИЙ НИНДЗЯ.
(DAS IST EIN ECHTER NINJA.)

A... ABER SAGT MAN DAS...
... NICHT MIT EINEM »O« DAVOR...?
HÄ?!
WAS SOLL DAS DENN AUF EINMAL? WAS FÜR EIN »O«?
...
...

* höflicher mit Zusatz »O« vor bestimmten Substantiven

* Der Begriff nigiri/nigiru (ergreifen/in die Hand nehmen), hat sich mit dem Zusatz »O« etabliert.

* In der jap. SM-Welt wird Urin als »Goldwasser« bezeichnet, analog zum »Natursekt« im Deutschen.

HEY, KLEINER!
BRAUCHST DU DEN BH NICHT MEHR?
...
ÄH...
NEIN.
MIR HAT SICH EIN ANDERER WEG GEZEIGT.
FAST WÄR ICH KRIMINELL GEWORDEN. SIE HABEN MIR DA HERAUSGEHOLFEN.
HM? NEIN, DU BIST SCHON NOCH KRIMINELL GENUG.
WIE?!
ABER SAG MAL, AUF WELCHE MITTELSCHULE GEHST DU?
ÄH, NEIN... ICH BIN AUF DER OBERSCHULE.
AUF DER KODAN-OBERSCHULE.

OBERSCHULE?! DA SOLLTEN DIR EIN PAAR DINGE SCHON KLAR SEIN. ICH RUF DIE POLIZEI!
WAS? HALT!
BITTE NICHT! ICH MACH AUCH ALLES, WAS SIE WOLLEN!
SCHLAGARTIG IST DIE BATTERIE LEER.
DIE TRANSPARENZ DES HOODIES EINZUSETZEN SCHEINT KOMPLIZIERT ZU SEIN.
HEY, WAS IST MIT DER KUGELSICHERHEIT?

ICH HAB ZWEI SCHUSS AB-BEKOMMEN, IN BAUCH UND SCHULTER.
WAS?
DU MEINST, DA WURDE EINE NAHT GETROF-FEN? QUATSCH DER IST DOCH SEAMLESS!
NOCH WAS. KATO KOMMT UNS LANGSAM AUF DIE SCHLICHE, TU WAS!

...
WAS ...?
NEIN, SCHON GUT.

NA, ICH GEH JETZT DIREKT HEIM.
BIN GANZ SCHÖN GESCHAFFT HEUTE.
ICH HOFFE NUR, SIE HAT MICH NICHT GE-SEHEN...
KAPITEL 12 ENDE

UNDER
NINJA

UNDER

NINJA

UNDER

NINJA

KAPITEL 13
Der Junge war in Hochstimmung.
Er war jetzt per LINE mit der Miss (Kawado-san) aus dem verfallenen Wohnhaus in Kontakt.
ALLERDINGS...

...
DU BIST VON DER KODAN-OBERSCHULE, SAGST DU?
WIE IST DIE SO?
WAS?
ICH WEISS NICHT RECHT...
ICH...
... WAR SEIT EINER WEILE NICHT MEHR DORT.
EIN SCHUL-SCHWÄN-ZER?
PUUH...
DANN ...
... HAST DU ALSO VIEL ZEIT.

JETZT SOLL ICH DEN PERVERSEN AUSLÄNDER FINDEN...
... DER DIE SEXY MISS BELÄSTIGT HAT.
ABER WIE?
HIER.
ピ FWIPP ッ
?
ACH SO! DU MEINST ALSO »O-MANKO« STATT »MANKO«?
... SAGE ICH EIGENTLICH NIE »O-MANKO«. KLINGT SONST AUFGESETZT.
98%
SPRACHAUFNAHME
AUFNAHME
ARCHIV
00:14:08

WENN DU ES SCHAFFST, DEN AUSLÄNDER ZU FINDEN...
... GEBE ICH DIR KAWADO-SANS SPRACHAUFNAHME HIER.
UND DU VERLIERST DEINEN SCHLIMMEN BEINAMEN ALS DROHNEN-BH-DIEB, OKAY?
ICH WERDE DEN SCHLECHTEN RUF LOS...
... UND BEKOMME DIE AUFNAHME!

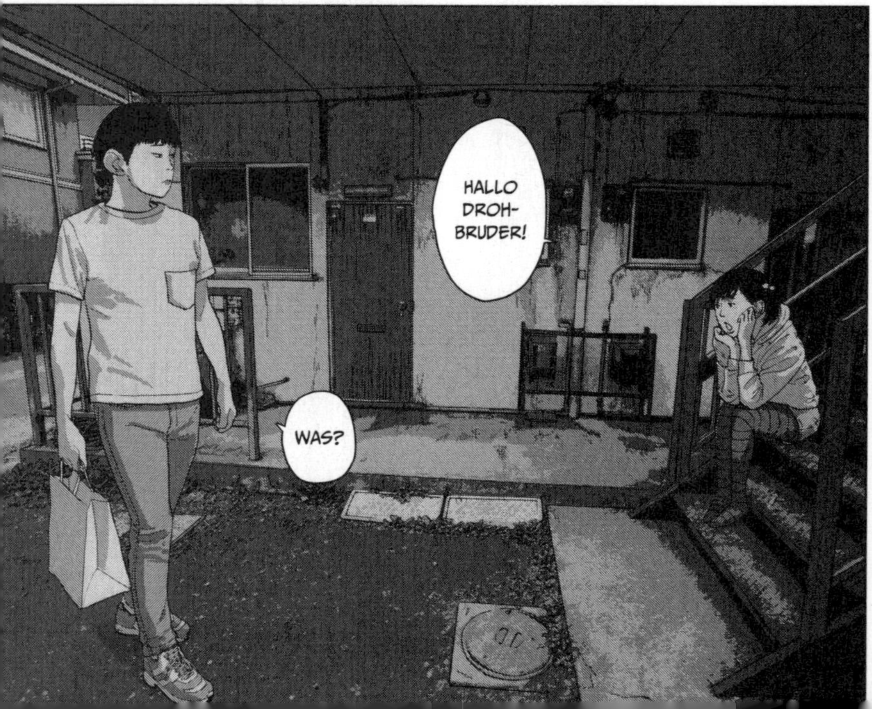
HALLO DROH-BRUDER!
WAS?

TANG
TANG
WIESO DROH-BRUDER? WAS SOLL DAS?
NA, WEIL DU IMMER EINE DROHNE FLIEGEN LÄSST.
ALSO DROHBRUDER!
ICH BIN KEIN DROHBRUDER.
ICH MUSS AUCH KEINE DROHNE MEHR FLIEGEN LASSEN.
DU BRAUCHST SIE NICHT MEHR?
DANN GIB SIE MIR!
KAUF DIR SELBST EINE. GIBT'S BEI DROHNEN-XY-FACTORY.
TANG
IST SCHON ELF, JUNNA. KOMMST DU NICHT REIN BEI DIR?
ACH... DA IST ES ÖDE.
DU HAST SIE MICH GAR NICHT ANFASSEN LASSEN.

SAG MAL, KENNST DU...
... HIER IN DER GEGEND EINEN PERVERSEN AUSLÄNDER?
...
JA! ICH KENN EINEN PERVERSEN!
DEN PERVERSEN MILCHONKEL AUS DEM PARK!
EINEN AUSLÄNDER KENN ICH NICHT.
ABER EINEN PERVERSEN ERKENN ICH SOFORT.
WAS?
MILCHONKEL?
NEIN, ICH MEINE EINEN AUSLÄNDER.

HÖR ZU, DER PERVERSE AUSLÄNDER...
ÄHM...
... IST BLOND, TRÄGT EINE BRILLE UND EINEN BLAUEN HOODIE. WENN DU DEN FINDEST, KANNST DU AUCH MEINE DROHNE FLIEGEN LASSEN.
OH JA!
ABER WIRKLICH, DROH-BRUDER!
UNTERSCHÄTZ MAL NICHT DEN GRUNDSCHUL-BUSCHFUNK!
DAS MUSST DU MIR VERSPRECHEN!
JA, ABER ERST WENN DU DEN AUSLÄNDER FINDEST.
TANG
TANG

BIN WIEDER DA!
JIPPIE!
KNISTER

* Zeit der Streitenden Reiche (1467-1568)

HEY!
KCHINK
DU!
UNTERSTEH DICH, MEINE TOCHTER ANZULABERN!
ODER ICH HAU DIR EINE IN DIE FRESSE, GLATZKOPF!
BITTE?
JUNNA! ICH HAB GESAGT, DU SOLLST MIT NIEMANDEM SPRECHEN!
BONK
TUT MIR LEID!

HAST DU EINEN LOLITA-KOMPLEX, ODER WAS?!
WIESO GLOTZT DU MEINE TOCHTER AN?! KOMM BLOSS HER!
WAS?
UAAH ...
JETZT RENNST DU WEG, WAS?!
KNISTER ジャリ
KNISTER ジャリ

PAMM
PUUAH ...
PUAH ...
UUUH...
...

MANCHE OCHI-MUSHA...
... FLOHEN IN »VERBORGENE DÖRFER« IN DEN BERGEN.
KRITZ KRITZ
KRITZ KRITZ

Ich bin Akikazu Yoshida...
... Autor von historischen Romanen.

Ich schreibe schon seit über zwanzig Jahren, aber meine Bücher verkaufen sich einfach nicht.
カリ KRITZ
カリ KRITZ
カリ KRITZ
Aktuell schlage ich mich mit dem Schreiben utopischer Romane, sogenannter SF-Historiy durch.
PUUH ...
フワッ FWAH
AH!
DIE RAMEN!

HAACH ...
FWAH
ICH MACH...
... FÜR HEUTE SCHLUSS ...
CHKK

カチャリ
KACHINK
BITTE!
KOMMT UNBE- DINGT!
チャッ
CHAP
スッ

Wenn ich schlafen gehe, öffne ich Fenster und Wohnungstür...

... setze eine Schlafmaske auf und lege mich auf den Futon am Boden.

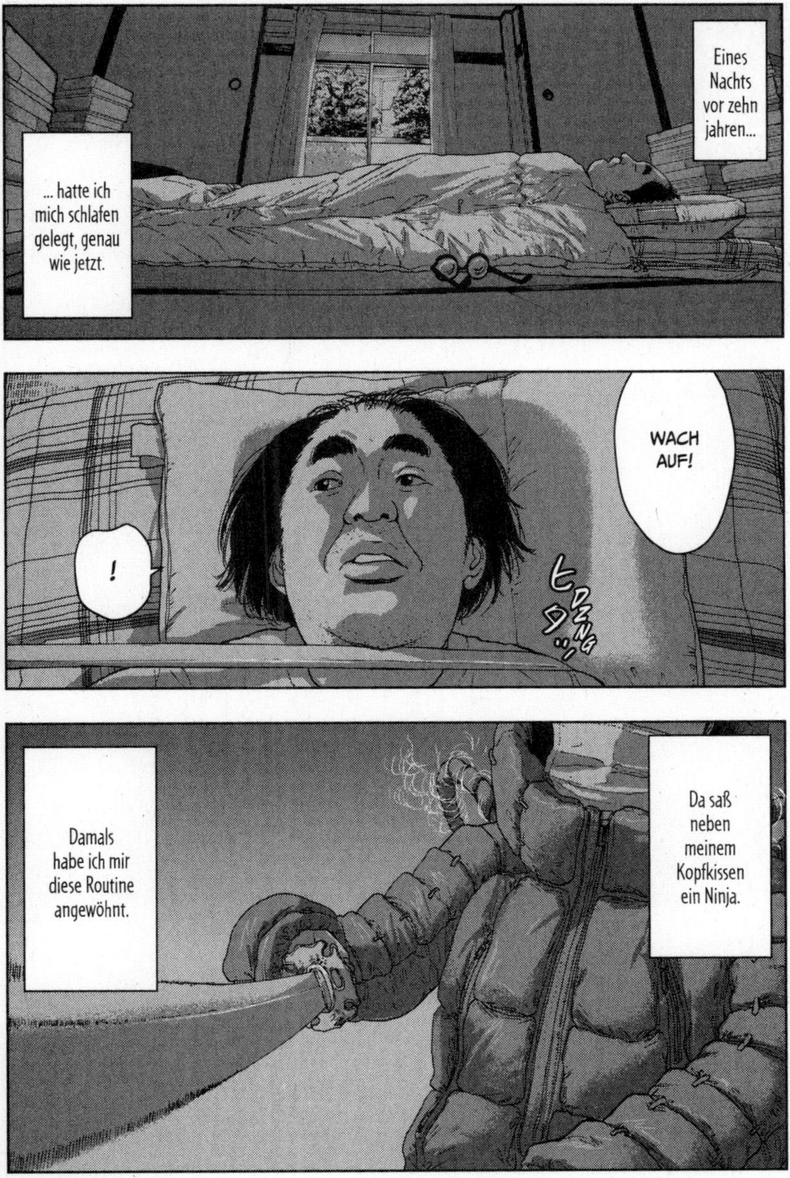

KAPITEL 13
ENDE

KAPITEL 14

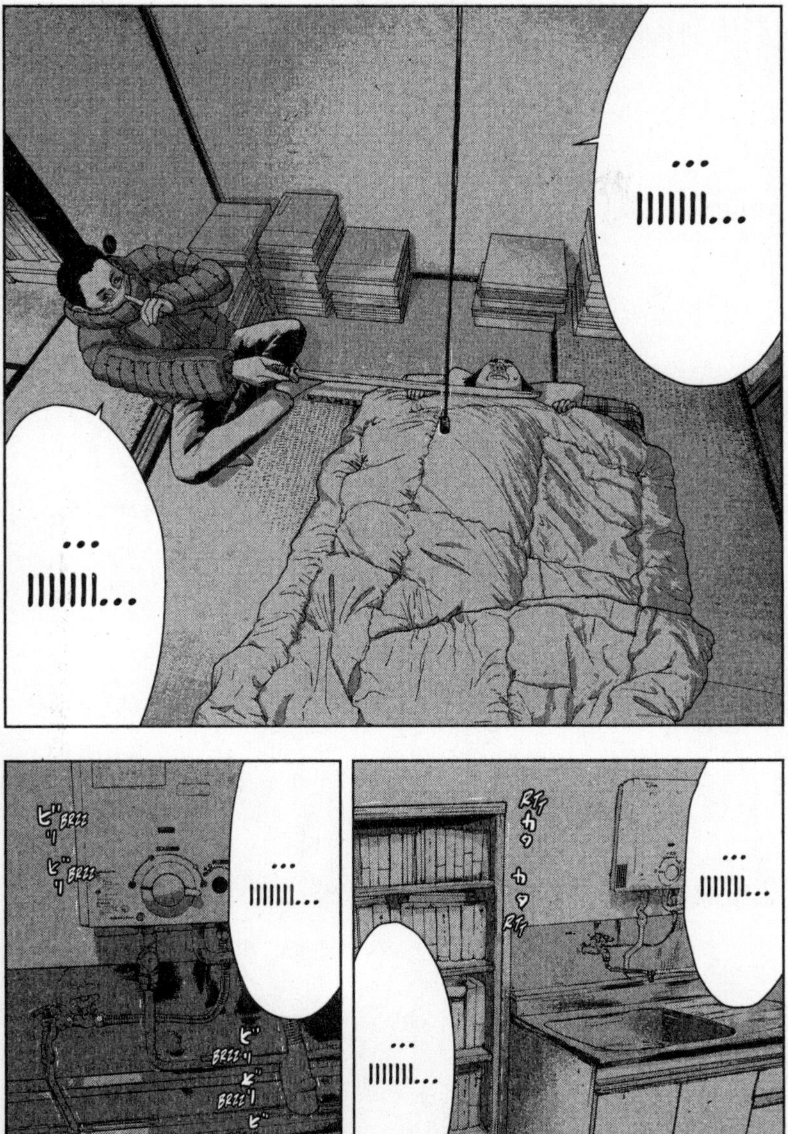
...
IIIIIII...
...
IIIIIII...
RTT
カタ
カタ
RTT
...
IIIIIII...
...
IIIIIII...
ビリ BRZZ
ビリ BRZZ
...
IIIIIII...
ビ BRZZ'I
ビ BRZZ'I
ビ BRZZ'I

Diese unerschöpfliche Lungenkapazität ohne jedes Atemholen...
Das musste ein Ninja sein.
Er trug eine Maske, ich sah nur seine Augen. Er war um die Fünfzig mit leichten...
SCHLIESS DEINE AUGEN.
... Schatten unter den Augen und tiefen Falten auf der Stirn, aber sein Blick war klar und funkelte. Ich spürte: Dieser Mann war kampferfahren.
SCHLIESS SIIIIIIII...
AH, JA, NATÜRLICH! ICH SCHLIESSE SIE!
... IIIIIIIE-EEEEE ...
BSS
BSS
BSS

Mund und Augen geschlossen, spürte ich nur...
... die kalte Klinge seines Schwertes an meiner Kehle.
AM 18. DEZEMBER 1996 STÜRMTEN FÜNFZEHN TERRORISTEN DIE JAPANISCHE BOTSCHAFT UND VERBARRIKADIERTEN SICH DORT.
?
SIE NAHMEN HUNDERT PERSONEN ALS GEISELN, BOTSCHAFTSANGESTELLTE UND JAPANISCHE GESCHÄFTSLEUTE.

MEINT ER DIE BESETZUNG ...
... DER BOTSCHAFT IN PERON?
JAPAN ERKLÄRTE, DASS DAS ÜBERLEBEN DER GEISELN OBERSTE PRIORITÄT HABE...
... UND HOFFTE AUF EINE FRIEDLICHE LÖSUNG MIT DER PERONISCHEN REGIERUNG.
DIESE LIESS DIE JAPANISCHE BOTSCHAFT IN REALGRÖSSE IN EINER BERGGEGEND NACHBAUEN...
... SETZTE EINE TASK FORCE DER STREITKRÄFTE EIN, DIE DIE BEWEGUNGEN DER REPUBLIKANISCHEN NATIONALGARDE SIMULIERTE, UND SO BEGANNEN WIR MIT DEM TRAINING.
UNSERE AUFGABE BESTAND DARIN, VON TERRORISTEN WIE...
... REGIERUNGSARMEE UNENTDECKT IN DAS ANWESEN EINZUDRINGEN.

Vier Monate später, am 23. April 1997 um acht Uhr abends...
... erstürmte die Task Force der Republik Peron die Botschaft.
Eine Geisel, zwei Kämpfer der Task Force und fünfzehn Geiselnehmer starben.
Sie gelangte durch einen unterirdischen Tunnel hinein und rettete 22 der 23 Geiseln.
So weit ist der Weltöffentlichkeit alles bekannt.
POLICE

EINE STUNDE VOR BEGINN DIESER OPERATION WAREN JEDOCH SIEBEN NINJA, MICH EINGESCHLOSSEN, DURCH EINEN SEPARATEN TUNNEL IN DAS GEBÄUDE EINGEDRUNGEN.
WIR MACHTEN DIE TERRORISTEN UNSCHÄDLICH, OHNE SIE ZU TÖTEN. DAS GESCHAH, WÄHREND DIE REGIERUNGEN ÜBER EINE FRIEDLICHE LÖSUNG VERHANDELTEN.
WAS?!
ABER WIESO ...?
WIESO?
DIE PERONISCHE REGIERUNG... NEIN, DER DAMALIGE PREMIERMINISTER WOLLTE EIGENTLICH EINEN POLITISCHEN GEGNER TÖTEN, DER SICH UNTER DEN GEISELN BEFAND.
WIR SIEBEN NINJA KÄMPFTEN ALSO GEGEN DIE 200 MÄNNER DER TASK FORCE.

ZOO GEGEN SIEBEN?! WAS FÜR EIN UNFAIRER KAMPF.
WAS IST MIT DEN NINJA PASSIERT?
AHNG, ICH MUSS DAS RAUS-FINDEN.
DIESE WAHRHEIT KENNT IN JAPAN NIEMAND.
MEINE FÜNF GETÖTETEN KAMERADEN SIND...
...
Der Satz blieb unvollendet in der Luft hängen, die Klinge an meiner Kehle verschwand.
Wenn er diese Wahrheit mir, einem Schriftsteller, erzählte, wollte er wahrschein-lich, dass ich sie publik machte.

Zu jener Zeit waren mir Wasser und Gas abgestellt worden...
... und ich war schrecklich arm.
NICHTS ZU ESSEN DA ...
Der Risiken vollauf bewusst schrieb ich den Roman »Ihr sieben Ninja, erobert die Botschaft zurück!«.
Er wurde veröffentlicht, doch die wenigen Käufer lasen ihn als reine Fiktion. Niemand hielt die Geschichte für wahr.

Ob der Ninja von dem Roman erfahren hatte? Immerhin kamen seither ab und an...
... Ninja vorbei, um mir von ihren Missionen zu berichten, die im Schatten der Geschichte verborgen bleiben sollten.
FALL 2-26 WAR DER ANFANG.
VON FALL 2-22 WISSEN NUR EINGEWEIHTE.
DIE ARTEFAKTE AUS DEM PALÄOLITHIKUM...
WEGEN DEM ERZ FÜR MEINE NINJATECHNIK BIN ICH AUF DIE FÄLSCHUNG GESTOSSEN.
ABER VON FALL 22-2-22 AM 22.2. IN HEISEI 22 WEISS SICHER NIEMAND, HEHEHE!
ES GAB DIESE RAUBÜBERFÄLLE AUF MENSCHEN...
... MIT AIRMAX-NIKES. WIR HABEN DANN FÜR RUHE GESORGT.

DANN DIE SACHE MIT DER GETRÜBTEN THERMALQUELLE. DAMALS GAB ES VON ANFANG AN ZWEIFEL AN DER QUALITÄT DES WASSERS UND JEMAND SCHICKTE EINE PROBE ZUR BEHÖRDE...
キュポ KYUP
キュポ KYUP
キュポ KYUP
NÄMLICH ICH.
AH?!
DIESES GE-RÄUSCH?
WOHER WUSSTEN SIE DAS?
NACH EINEM NINJA-AUFTRAG ...
... HABE ICH DORT EINE THERMALKUR GEMACHT, ABER DIE VERLETZUN-GEN VERHEILTEN NUR LANGSAM. DESWEGEN.
Die Ninja kamen das ganze Jahr über.

UND DANN SCHLUG EIN BLITZ IN DIE NINJA-SCHOOL EIN...
ICH WAR KLASSENBESTER, UND FIEL TROTZDEM DURCH. NICHT COOL...
ÄH?
RAPPT ER?
GEGEN MEINEN BRO KÄMPFEN WAR DAS ABSCHLUSSGEFECHT...
DER BLITZ KNOCKTE MICH AUS, DAS WAR DEM NUR RECHT...

DER TYP WAR EIN CHICKEN, MICH NANNTE ER KITCHEN. ER LOCKTE MICH ZUM BLITZ, UND SO WAR DAS DING KAMPFLOS GERITZT.
DER STEIGT AUFS PODEST UND ICH KNALL UM, HATTE NOCH GLÜCK, BIN DEM TOD VONNER SCHIPPE GESPRUNG'N.
SEIN REIM-SCHEMA IST NICHT GANZ KLAR...
WAHR-SCHEIN-LICH EIN RAP...
DER TYP IST FERTIG, MIT'M LÄCHELN AUFM FACE...
NUR ICH WAT IN TRÄNEN TIEF DURCH DIE FINS-TERNIS...

ICH BIN WIEDERGE- BOREN UND HEISS NUN ANDERS, EY.
MIRACLE LICHTENBERG EVERYDAY.

AUS TOKYO STAMM ICH, WUCHS BEI NINJA AUF, ALS KLEINER.
WER SICH IM SCHATTEN VERBIRGT, IST DOCH MEIST EINER.
WAS?!

DER HIER...
...SCHEINT EIN LOSER ZU SEIN.
AH?!
FWAP
LOS, SIEH MICH AN!
»KURO KUMOGAKURE« STIRBT GANZ GEWISS VON MEINER HAND!

PUUH...
OH...
HABEN WIR SCHON SOMMER? DIE ZEIT VERGING WIE IM FLUG...
Vor nunmehr über zehn Jahren haben die Ninja begonnen, mir ihre Geschichten zu erzählen...

Dieser Ninja (?) ...
... war anders.

WACH AUF!
SCHRECK
?!

Neuerdings spürte ich die Existenz der Ninja regelrecht (obwohl sie komplett verschwunden zu sein schienen).
Eigentlich hätte ich gleich von allein aufwachen müssen, doch ich hatte einfach niemanden bemerkt.
DU BIST DOCH DER...
... DER DIE GESCHICHTEN DER »SCHATTENKRIEGER« ZU BÜCHERN VERARBEITET.
»SCHATTENKRIEGER«?!
DIESER NINJA IST ANDERS ALS DIE ANDEREN ...
DAZU DIE STIMME...
DAS IST EINE FRAU!

Spannung lag in der Luft, mich überwältigte eine Furcht, stärker als bei der Klinge an meiner Kehle.
Ich war vollkommen erstarrt, wie gelähmt.

DIE SCHATTEN-KRIEGER, DIE AUF DER ERDE WANDELN ...
... WERDE ICH ALLE VERNICH-TEN.

Sie will
jene Ninja
vernichten?!
Warum?
ZITTER
ZITTER
Ich war auf
den Tod gefasst.
Ich wollte sie
danach fragen,
brachte aber
kein Wort
heraus.
Die anderen
Ninja sprachen
über ihre
Vergangenheit.
Doch diese
Frau sprach
als einzige
von der
Zukunft.
KAPITEL 14
ENDE

UNDER
NINJA
UNDER

NINJA

UNDER

NINJA

KAPITEL 15

WIESO RENNEN WIR SO?
KEINE AHNUNG!
TAPP
TAPP
TAPP
UND?
HIER IST ER NICHT.
HIER AUCH NICHT.
HMM..

SAG MAL...
... WARUM SUCHST DU DEN AUSLÄNDER?
TJA...
WENN ICH IHN FINDE, BEKOMME ICH EINE GELDKARTE.
VON WEM?
VON JUNNA.
WAS? DIE LÜGT DOCH WIE GEDRUCKT.
SIE HAT UNS DOCH MAL ALLEN BONBONS VERSPROCHEN. ABER DANN IST SIE WEGGERANNT.
WAS? ECHT?!
AH JA, STIMMT.

MIR WOLLTE SIE MAL MANGA GEBEN, BEI IHR ZU HAUSE...
IHRE WOHNUNG IST EINE RICHTIGE BRUCHBUDE.
ABER DU BIST VERLIEBT, ODER?
W...WAS? KEINE SPUR!
YEAH! TAKE-CHAN IST IN JUNNA VERLIEBT!
HAHA-HAHA!
BIN ICH NICHT!
JUNNA KRIEGT VON IHREN ELTERN PRÜGEL.
UAH, NICHT LUSTIG.
ZUM GLÜCK NICHT MEINE ELTERN.
STIMMT!
TAPP
TAPP
TAPP

ICH BIN ECHT NICHT IN JUNNA VERLIEBT. ERZÄHL DAS BLOSS NICHT IN DER SCHULE RUM.
JAJA, SCHON GUT.
DAS HAUS SIEHT WIRKLICH SCHLIMM AUS.
AH!
DA IST EIN SKATEBOARD!
COOL!
HEY, KLEINER!
AH?

DAS IST...
... MEINS.
...

ABER ICH HAB ES AUS DEM MÜLL...
JETZT IST ES MEINS.
AHA...
WENN'S DEINS IST, KANNST DU JA HERKOMMEN UND ES DIR HOLEN.
...
DIR IST ES ECHT ERNST, WAS?
NA GUT.

ICH KANN NICHT...
... AUF DIE STRASSE KOMMEN.
ICH MEINE ...
... ICH WILL NICHT.
ACH, DU BIST EINFACH NUR EIN HIKIKO-MORI!
DU SCHAFFST DAS! SIND NUR VIER METER!
HÖRT MAL...
NIEMAND HAT GESAGT, DASS ICH ES UMSONST KRIEGEN WILL.

WIE WÄRE ES...
... IM GEGENZUG MIT DEM HIER?
DER IST VON EINER STUDENTIN.
?!

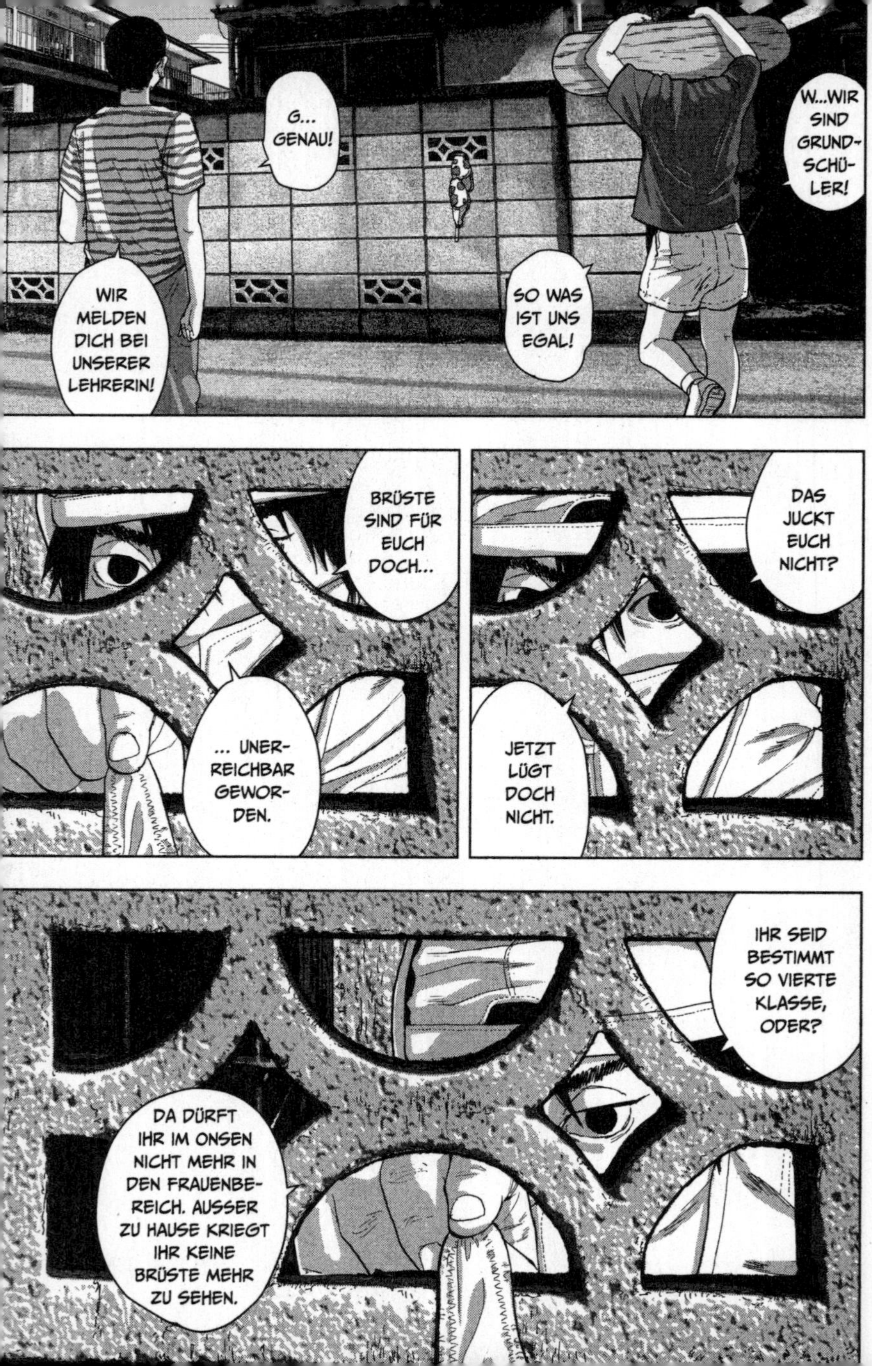
W...WIR SIND GRUNDSCHÜLER!
G... GENAU!
SO WAS IST UNS EGAL!
WIR MELDEN DICH BEI UNSERER LEHRERIN!
DAS JUCKT EUCH NICHT?
JETZT LÜGT DOCH NICHT.
BRÜSTE SIND FÜR EUCH DOCH...
... UNERREICHBAR GEWORDEN.
IHR SEID BESTIMMT SO VIERTE KLASSE, ODER?
DA DÜRFT IHR IM ONSEN NICHT MEHR IN DEN FRAUENBEREICH. AUSSER ZU HAUSE KRIEGT IHR KEINE BRÜSTE MEHR ZU SEHEN.

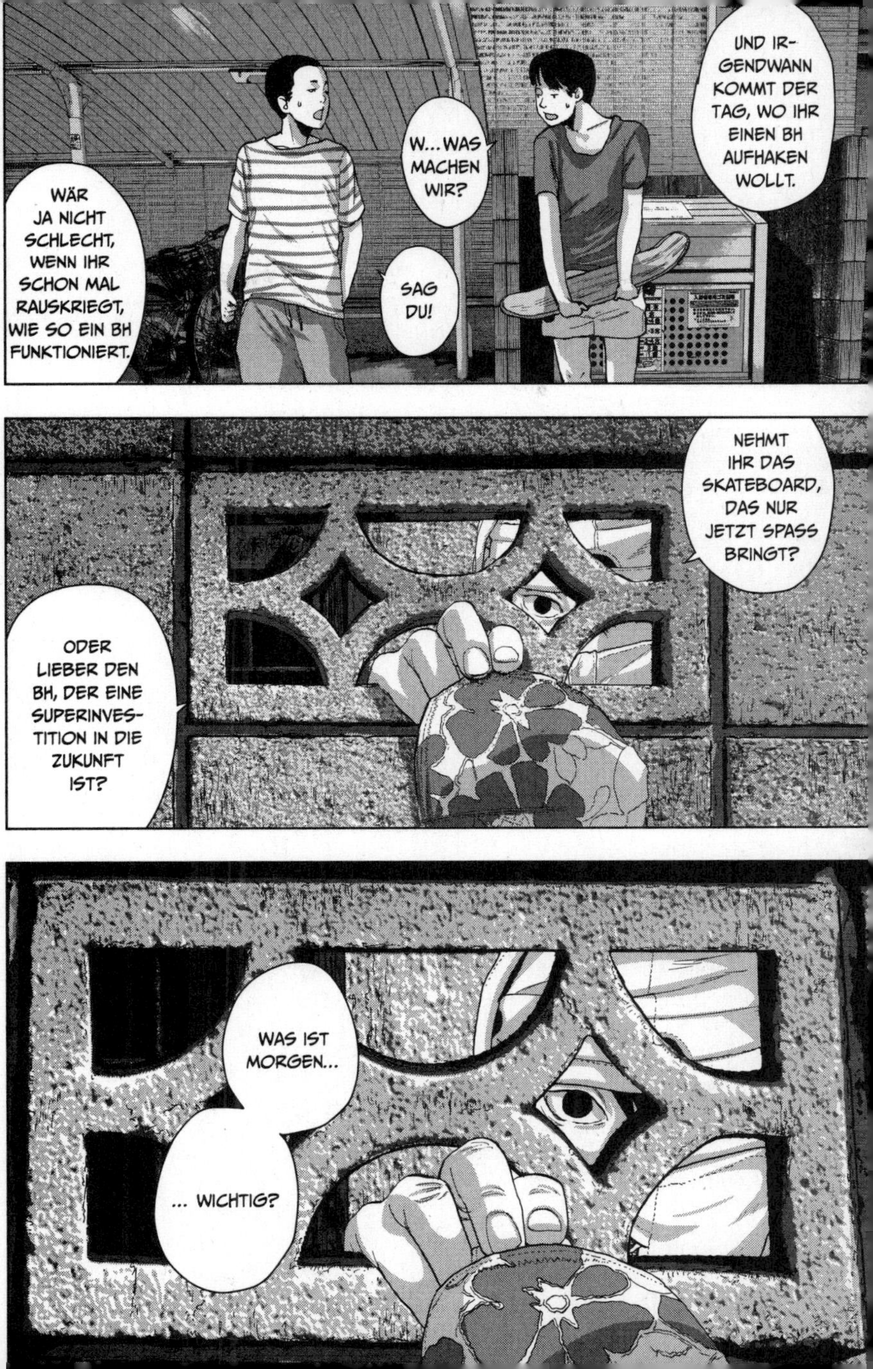
UND IR-GENDWANN KOMMT DER TAG, WO IHR EINEN BH AUFHAKEN WOLLT.
W...WAS MACHEN WIR?
SAG DU!
WÄR JA NICHT SCHLECHT, WENN IHR SCHON MAL RAUSKRIEGT, WIE SO EIN BH FUNKTIONIERT.
NEHMT IHR DAS SKATEBOARD, DAS NUR JETZT SPASS BRINGT?
ODER LIEBER DEN BH, DER EINE SUPERINVES-TITION IN DIE ZUKUNFT IST?
WAS IST MORGEN...
... WICHTIG?

ガラ
RATA
ガラ
RATA
ガラ
RATA
ガラ
RATA
DANKE EUCH!

DU TRINKST JA GANZ SCHÖN VIEL.
ゴク ゴク
ABER DARF ICH DOCH!
HMM...
HIER IST ER NICHT.
...

WAS SUCHST DU?
DAS GEHT DICH NICHTS AN, MILCH-ONKEL.
...
ISST DU DENN AUCH ORDENTLICH?
KLAR! STEAK UND SPAGHETTI MIT TOMATEN-SOSSE UND FRITTIERTE AUSTERN!
ABER ICH BIN GRADE AUF DIÄT.
AUF DIÄT?
EIN KIND MUSS ORDENTLICH ESSEN, SPIE-LEN UND GUT KACKEN. HIER! TRINK MUTTER-MILCH!

WIE ICH ERFAHREN HABE, WIRD DER AUSLÄNDER VON EINEM KIND GESUCHT...
WER HAT DAS VERZAPFT?
DER HAT SICH BEI MEINEM ANGRIFF TODSICHER EIN PAAR RIPPEN GEBROCHEN. SEINE KREDITKARTE KANN ER AUCH VERGESSEN. ER MUSS SICH ALSO NOCH HIER IN DER NÄHE AUFHALTEN.
ABER DEM MÄDCHEN SEH ICH DIE PRÜGEL AN...
IIIH! DA IST MILCH RAUSGE-KOMMEN!
SEI FROH, DASS ICH DICH NICHT BEI DER SCHULE MELDE!

HEUT IST KEINER DA...
NEIN, MAN HÖRT ONO-SAN LEISE ATMEN... SCHLÄFT ER?
WIRD LANGSAM ZEIT.

KNARZ

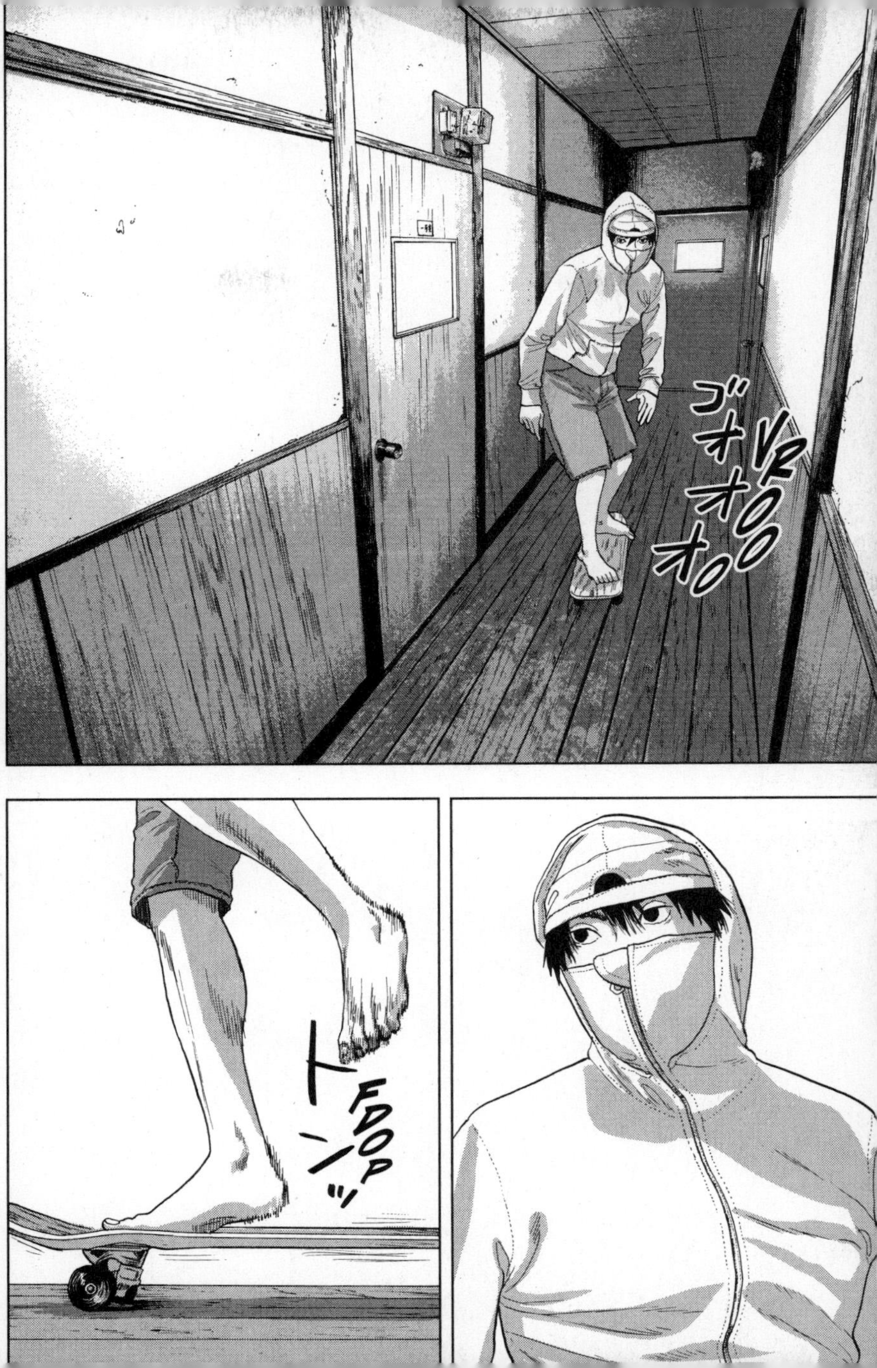
ゴオオオオ
VROOOO
トンッ
FDOPP

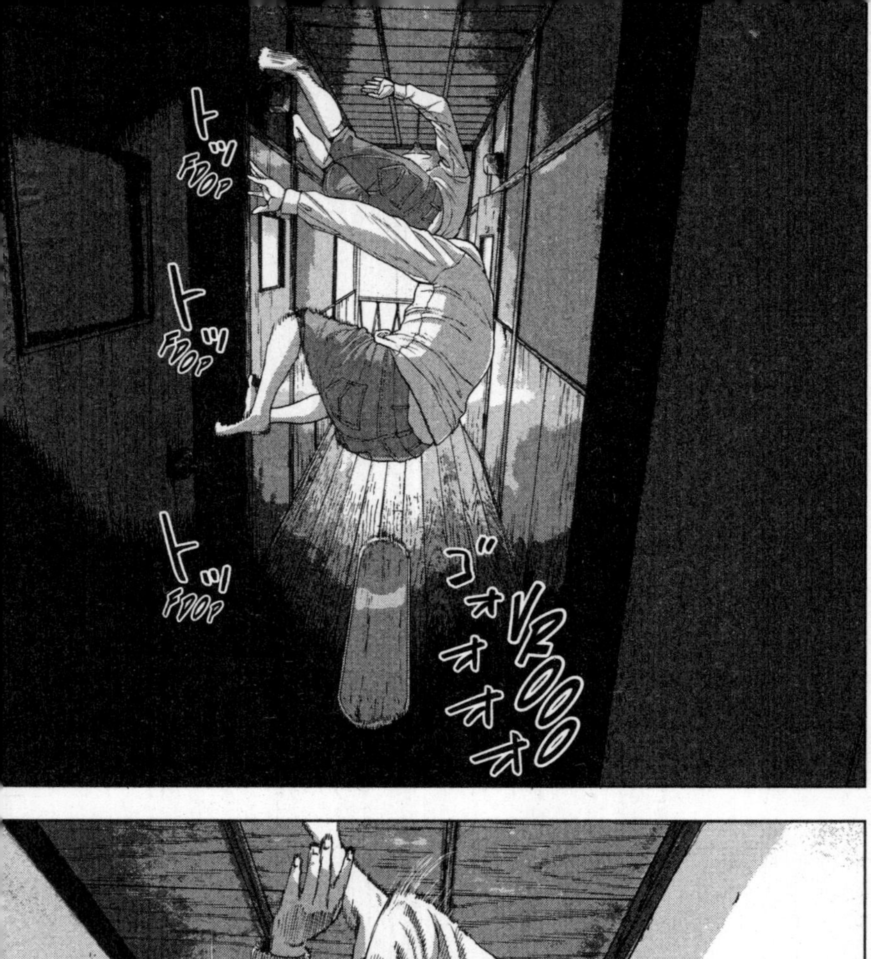
トッ
FOOP
トッ
FOOP
トッ
FOOP
ゴオオオオ
VROOOO

ドッ
BOOP
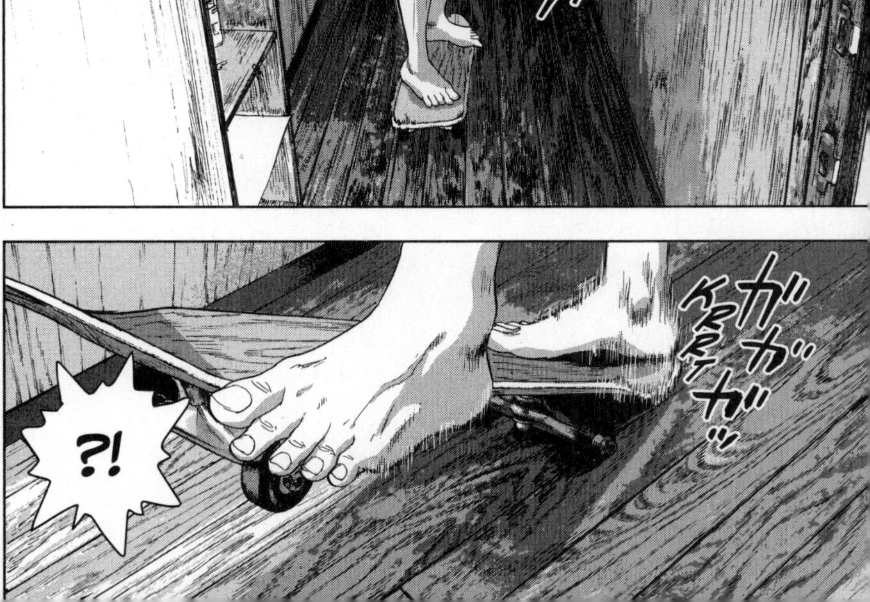
ガガガッ
KRRT
?!

KLIRRRR
NOCH DREI TAGE BIS ZUM AUFNAHMETEST ...
... AM SAMSTAG.
BIS DAHIN MUSS ICH DAS MIT DEM AUSLÄNDER GEKLÄRT HABEN. OB ICH DAS HINKRIEGE?

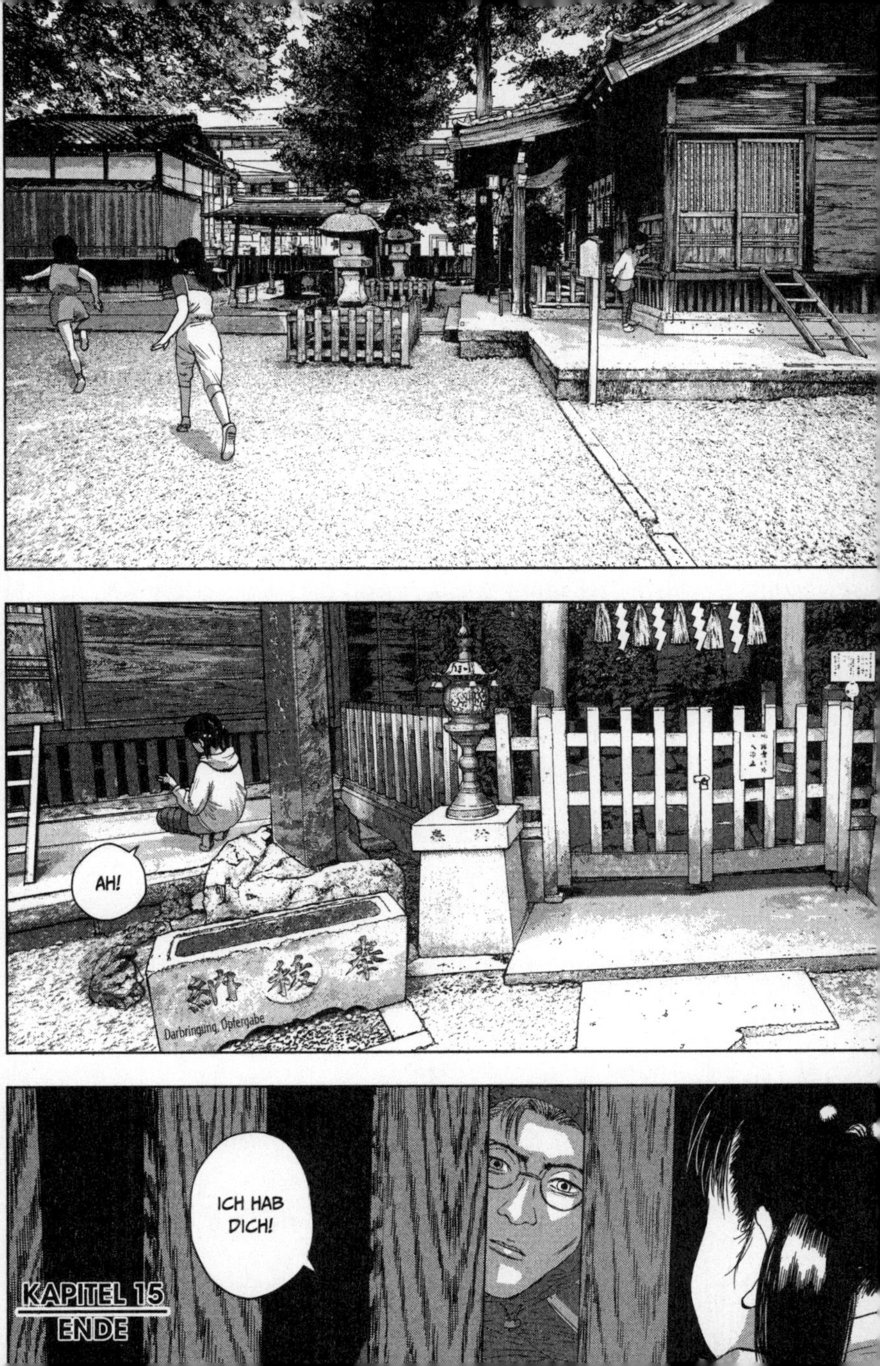
AH!
Darbringung, Opfergabe
ICH HAB DICH!
KAPITEL 15
ENDE

KAPITEL 16
ICH HAB DICH...
... AUS-LÄNDER!
BIST DU...
... EIN NINJA?

NEIN, ICH BIN ...
... KEIN NINJA, ICH SPIEL VERSTECKEN.
?
FAHR STICKEN?
ICH HAB DEN AUSLÄNDER-ONKEL GEFUNDEN.
ICH HAB NICHT VERLOREN!
ICH HAB NICHT...
DU HAST RECHT...
ICH HAB VERLOREN. ICH HATTE SOGAR EINE PISTOLE UND DER NINJA NICHT.
KANNST DU MIR...
... BITTE LETZTES WASSER BRINGEN?

WAS FÜR EIN WASSER?
EIN LETZTES?
DAS LETZTE WASSER, BEVOR MAN STIRBT.
KLAR! VON DEM HIER GIBT'S SO VIEL DU WILLST.
VIELEN DANK.
HIER...
... BITTE.

PUH...
ICH MICH FÜHLE WIE NEUGEBOREN.
DU HAST JA VIEL ZU TUN MIT STERBEN UND LEBEN.
...
WIE ALT BIST DU?
ZEHN!
ZEHN JAHRE...
MEINE TOCHTER IST VOR KURZEM ERST GEBOREN.

ICH WÜRDE SO GERN BEI IHR SEIN, ABER ICH...
... SEHE SIE WAHRSCHEINLICH NIE WIEDER.
WIESO NICHT?
WEIL ICH VERSAGT HABE.
DER NINJA LÄSST MICH NICHT ENTWISCHEN.
UND MEINE ORGANISATION WIRD MICH BESTRAFEN.
ABER WIESO? WIESO?! ES WIRD ALLES GUT!
ガタ RATTER
ICH HELF DIR, VERLASS DICH GANZ AUF JUNNA!
ガタ RATTER
ガタ RATTER
BITTE RÜTTLE NICHT SO STARK AM ZAUN.

CHUO ST.
OKAY, UND JETZT...
... WEITER GERADE-AUS!
AHAHA! DAS IST TOLL!
NIEMAND ENTDECKT DICH!
VORSICHT, VOR UNS IST EINE OMA.
木田食堂
WANK
WANK

MEIN FRÜHERER PAPA HAT MICH MAL AUF DEN SCHULTERN GETRAGEN. ABER ICH WEISS NICHT MEHR GENAU...
TAUMEL
TAUMEL
ACH... WIRKLICH?
WAHAHA! DU BIST JA EINE GROSSE GRUNDSCHÜLERIN, HM?
SCHWANK
ICH BIN IN DER VIERTEN KLASSE.
DA WÄCHST MAN EBEN!
SCHWANK
HM?

プルルル
DRRRM
プルルル
DRRRM
ピッ
BIEP
ACH...
DU BIST'S...

* Ninja untersten Ranges

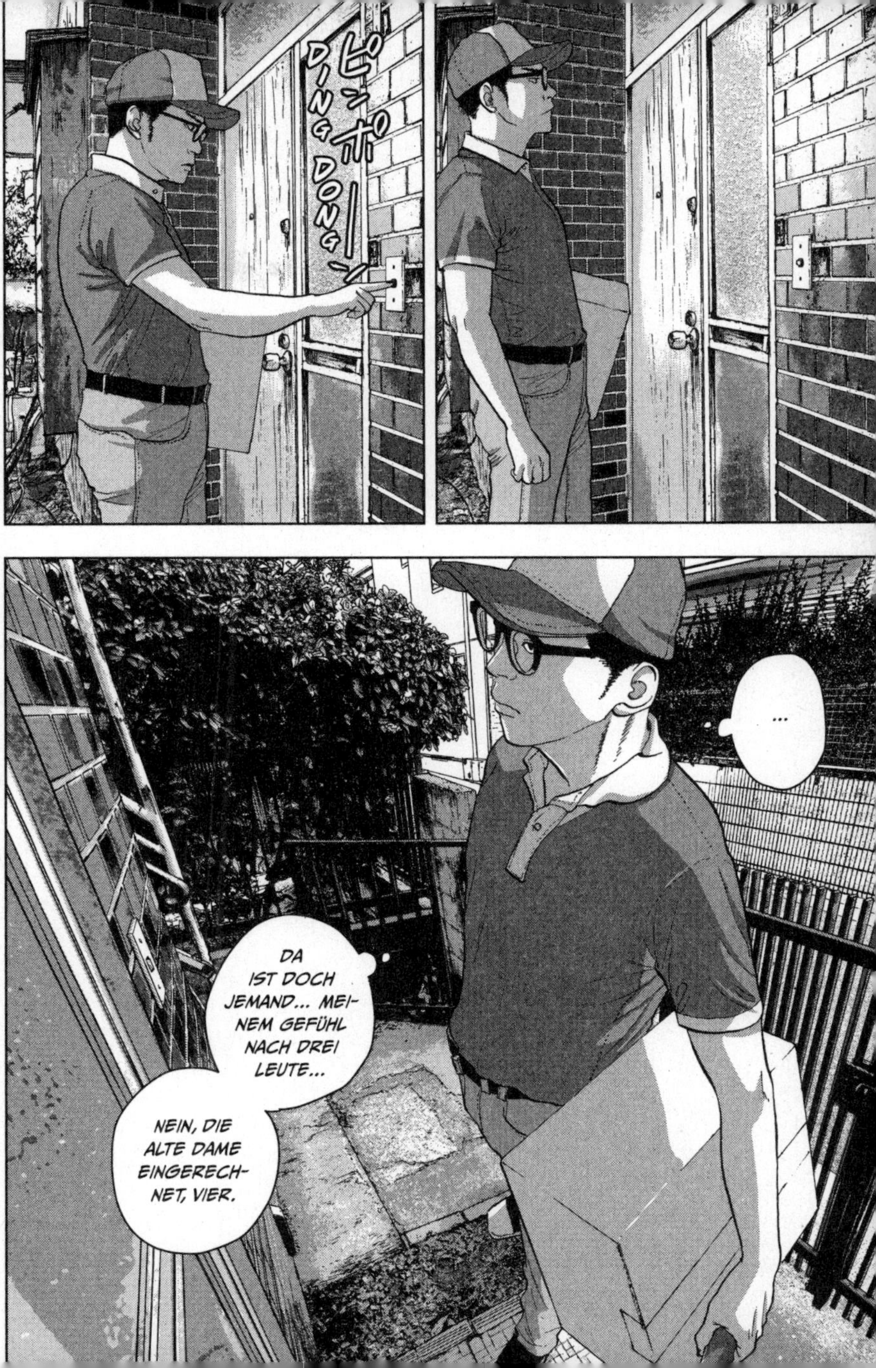
ピンポーン
DING DONG
...
DA IST DOCH JEMAND... MEINEM GEFÜHL NACH DREI LEUTE...
NEIN, DIE ALTE DAME EINGERECHNET, VIER.

DER ALTE MANN VON HIER IST TOT.
UND DIE FRAU IST BETT-LÄGERIG.
HEUTE KOMMT AUCH...
... DER PFLEGE-DIENST NICHT.
AUSSER-DEM SPÜRE ICH...
... MORD-LUST.

DRRRM
DRRRM
DRR…
GUTEN TAG, HIER IST DIE POLIZEI, BEZIRK NERIMA.
WIE KANN ICH IHNEN HELFEN?
GUTEN TAG, MEIN NAME IST KATO.
ICH HÄTTE GERN DEN BEAUFTRAGTEN FÜR GEHEIM-OPERATIONEN AUS DER ABTEILUNG FÜR ÖFFENTLICHE SICHERHEIT.
FÜR GEHEIM-OPE…
E… EINEN MOMENT BITTE!
TSS…
LOS, BEEI-LUNG.

HALLO, DER BEAUFTRAGTE FÜR GEHEIMOPERATIONEN AM APPARAT.
AH... KATO-SAN? WAS GIBT'S DIESMAL?
WAS ES DIESMAL GIBT? ICH RUF EXTRA AN, DAMIT IHR EUER GESICHT WAHREN KÖNNT.
IM HAUS EINER ALTEN DAME IN NERIMA 3-X-X SIND EINBRECHER.
WAHRSCHEINLICH DIEBE...
... DIE SICH PER ANRUFBETRUG REINGESCHLEUST HABEN.
ICH WERDE DIE ALTE FRAU RETTEN, BEVOR DIE SIE UMBRINGEN.

IST NOCH WARM.
VOR DEM HAUS PARKT EIN MOPED MIT DEM KENNZEICHEN »NERIMA XXXX-XX«. GLEICHEN SIE DAS SICHER-HEITSHALBER MAL AB.
KOMMEN SIE IN DEN NÄCHSTEN ZEHN MINUTEN, WENN SIE DIE EINBRE-CHER LEBEND FESTNEHMEN WOLLEN.
HEY, TOMO!
DEIN PROJEKT HAT VOR-RANG!
BEFOLGE DEINE AN-WEISUNGEN!
VER-DAMMTE SCHEIS-SE...
DAS MOPED WURDE ALS GESTOHLEN GEMELDET. LAUT ZEUGEN SIND DAMIT ...
... DREI PERSONEN GEFAHREN. WIR SIND AUF DEM WEG, UNTERNEHMEN SIE NICHTS, KATO-SAN!

MARISHITEN 4.0 UND DIE BE-UNRUHIGENDEN BEWEGUNGEN IN DER FÜHRUNGS-RIEGE KÖNNEN MIR NICHTS ANHABEN...
DAS HIER IST GENAU RICHTIG, UM STRESS AB-ZUBAUEN.
ICH MUSS DIESEN DÄM-LICHEN PRO-TOTYPEN AUS DEM NINJA-FOR-SCHUNGSINSTITUT NEHMEN, SONST NERVEN DIE NUR.

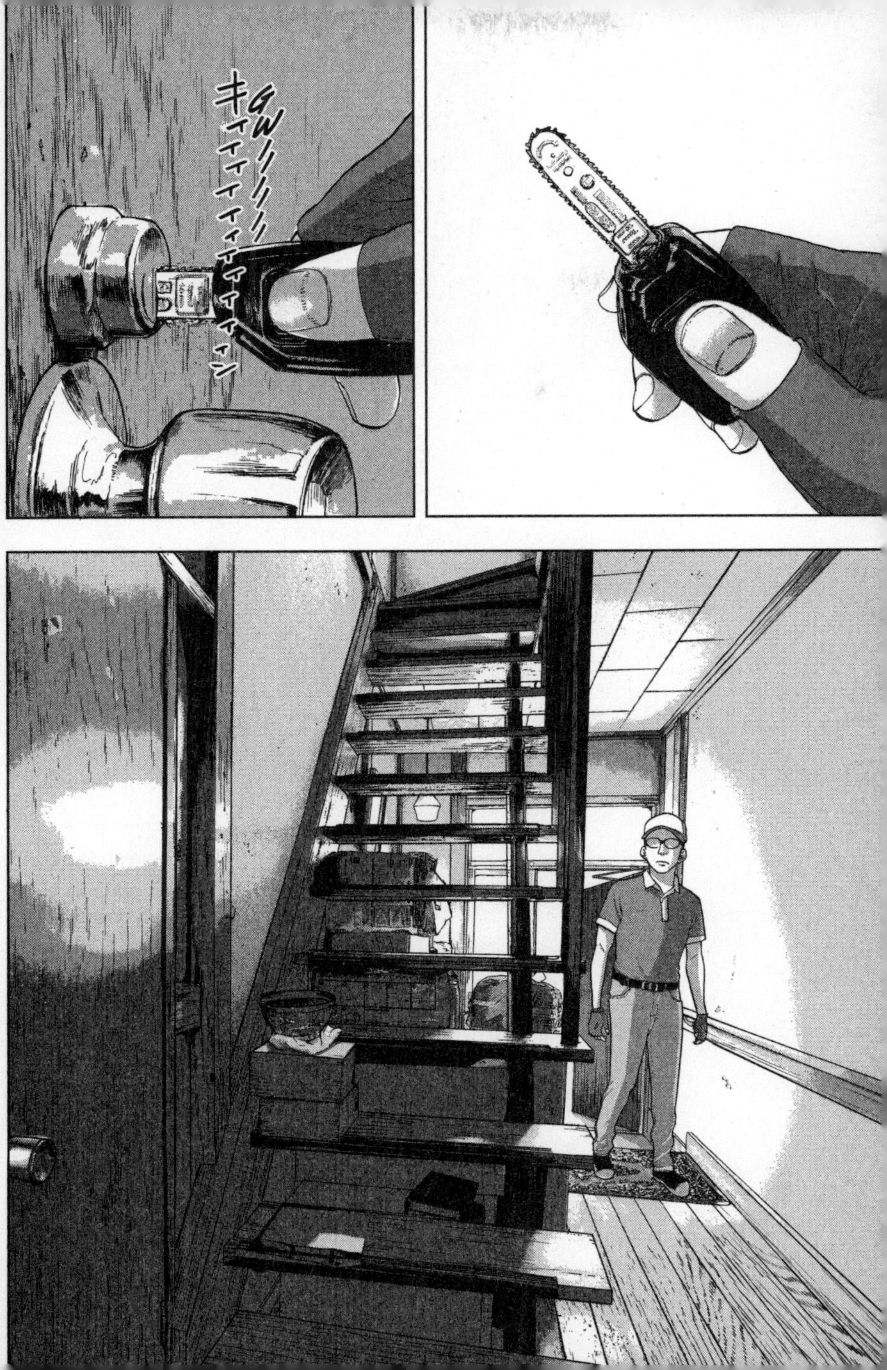
GW
キィィィィィィィィィン

KEINE KOHLE HIER.
DANN NEHMEN WIR HALT DIE KIMONOS MIT UND VERTICKEN DIE IRGENDWO.
ÄH?
スッ
SST

ギュ
ドーッ
FLOPP
カクン
KNICK
ギュ
ゴキリーッ
KNACKS

ゴキッ
KRACH
KRKK

JETZT NOCH ZWEI.

GLEICH BIST DU IM PARADIES, OMA.
VRRP
DA TRIFFST DU DEINEN ALTEN. NA, VIELLEICHT.
ICH HAB KNAST.

KAPITEL 16 ENDE

KAPITEL 17

AH?
LIEBER GOTT...

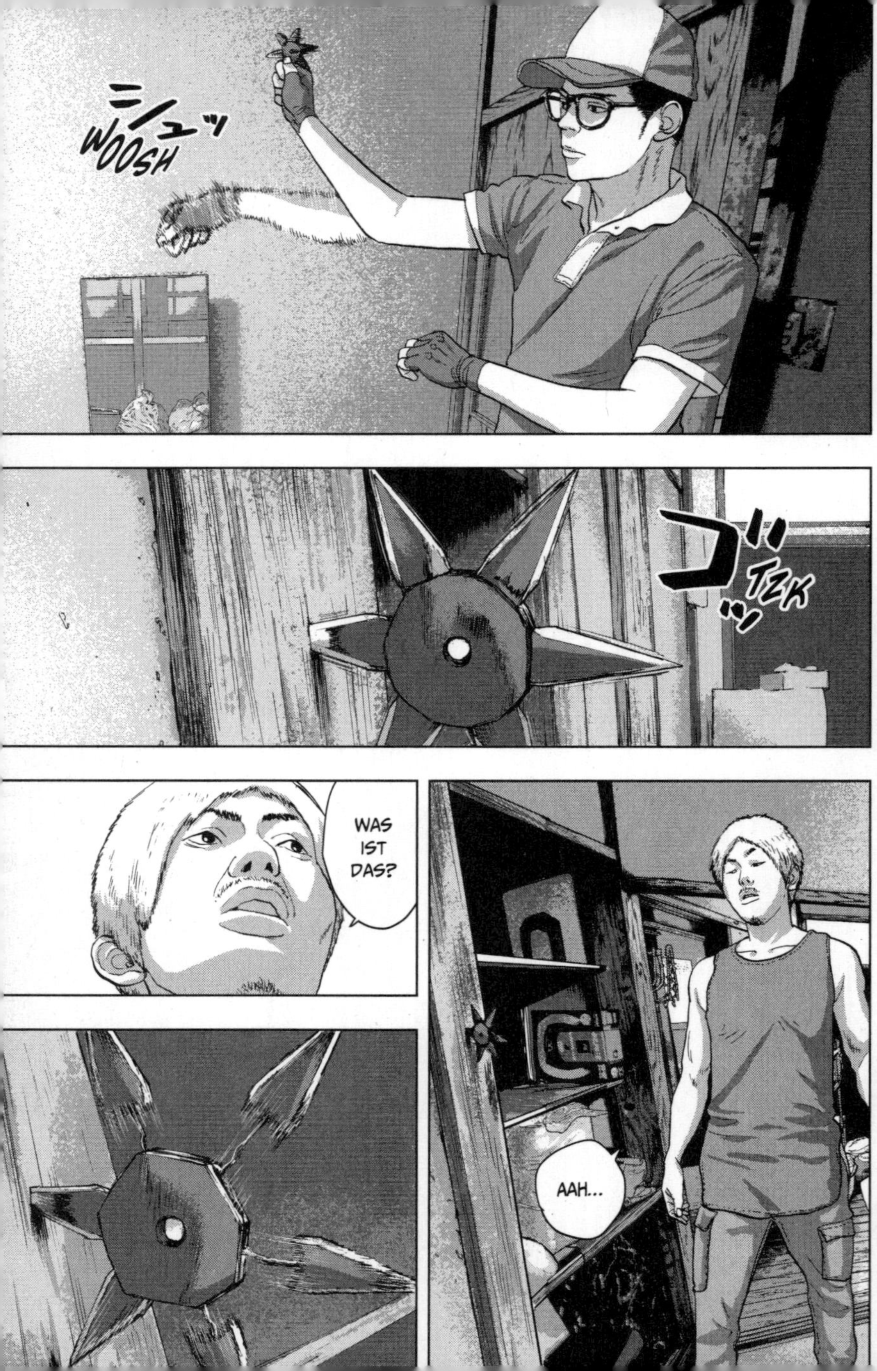

シュッ
WOOSH
ゴッ
TZK
WAS IST DAS?
AAH...

?!
ズ
ニュウウウ
PSHUUUUM

UAH!

WENN MAN ES HOCHKANT WIRFT, BREI-TET SICH DAS NETZ ALSO SO AUS.
DIESE NINJA-FOR-SCHER... MIT DEREN TOOLS LÄSST SICH DER GEGNER NUR ZIEMLICH HALBHERZIG FIXIEREN.
WER BIST...
... DU?
スッ
SSST
カチッ
KLICK
プシュ
FSSH

AU!!
BFAH
HNNK!!
SST
KNACKS
UUH!!

グリン
FWUMP
HEY!
ドッ
BONK
AH?!

SCHEIS-
SE...
WER
IST DER
TYP?!
UAAAH!

UAH!
WA... WAS SOLL DAS?!
だっ
FWASH
SCHEIS-SE!
WAS MACH ICH DENN JETZT?!
ドタ
TAMP
ドタ
TAMP

H... HEY!
HALT... WARTE!!
DU BIST EINER VON DENEN...
EIN NINJA, ODER?

WER SOL-CHE ...
... DRECKS-ARBEIT MACHT, STEHT RICHTIG WEIT UNTEN.
NINJA KRIEGEN DOCH ULTRA-WENIG ASCHE, ODER? WIE BEAMTE.
KOMM IN UNSERE GANG, ICH BRING EUCH MAL ZUSAM-MEN.
DA VERDIENSTE ORDENTLICH! MIT LINKS!
ZWAPP!!
BONK
UH!!

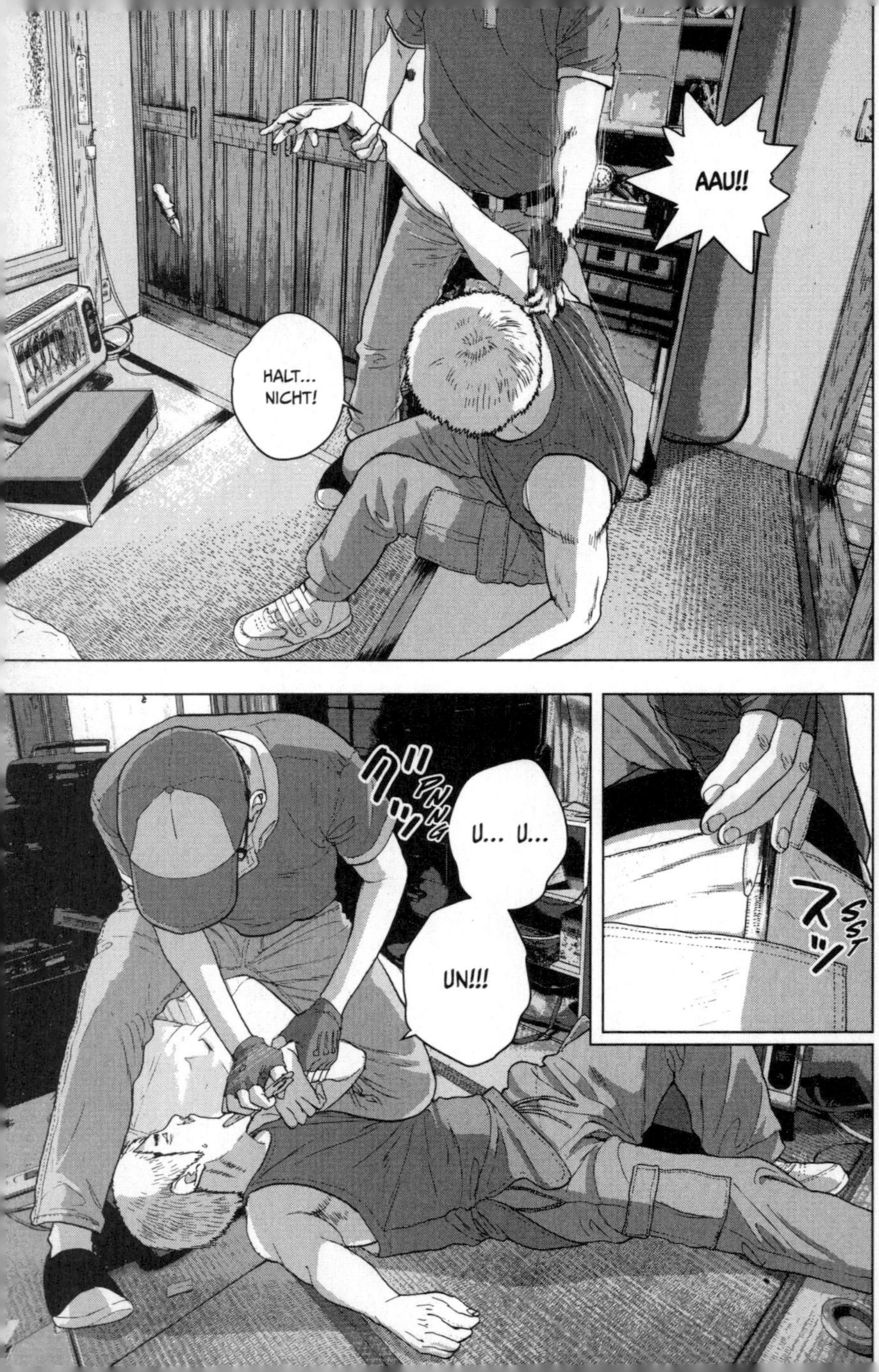
AAU!!
HALT... NICHT!
スッ
SST
グッ
PNNG
U... U...
UN!!!

!
ピク ZUCK
U N UN!
U N UN!
U N UN!
U N UN...
WAS...
... WEISST DU ÜBER »UN«?
クル FWIRL
クル FWIRL

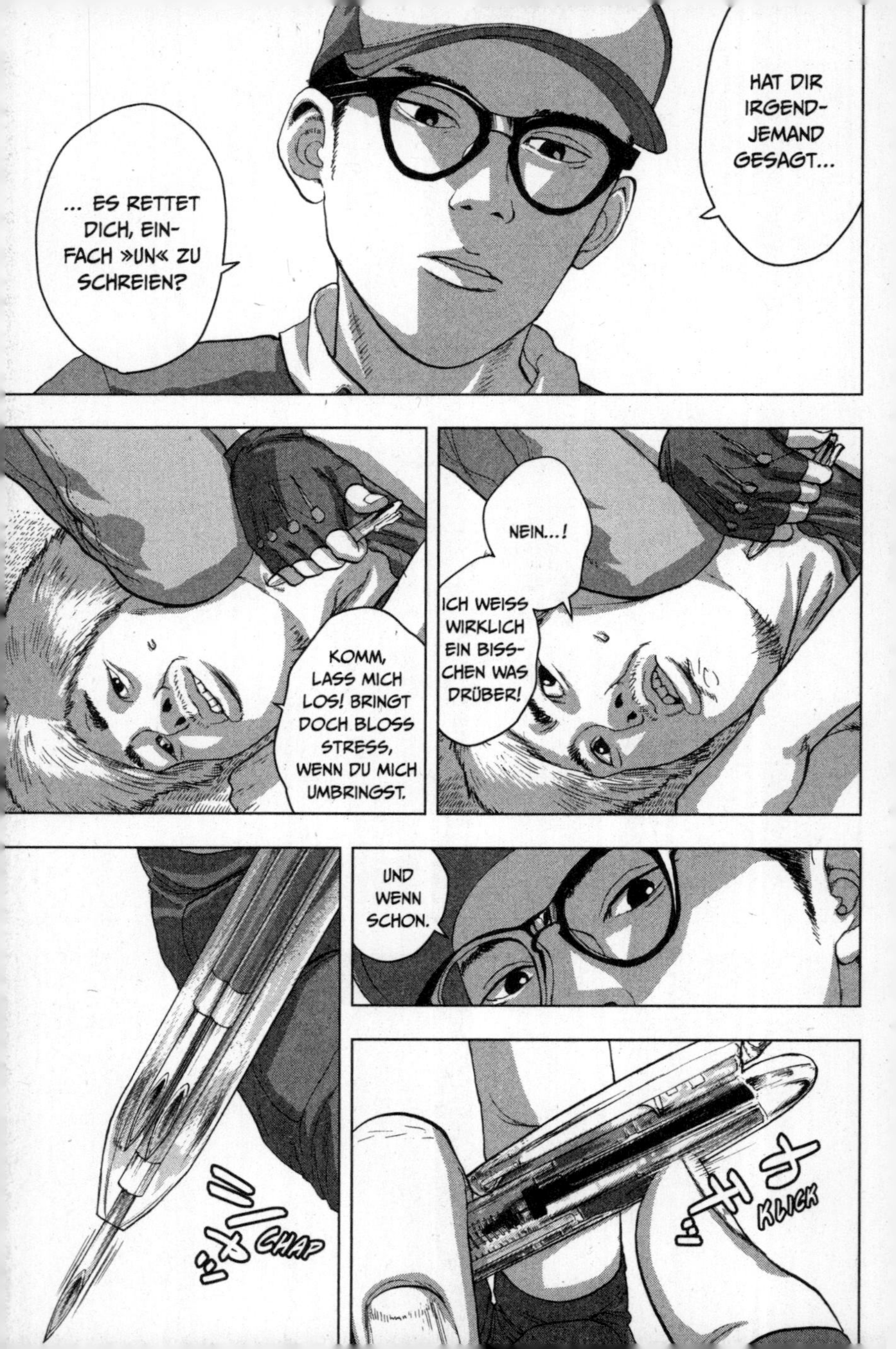
HAT DIR IRGEND-JEMAND GESAGT...
... ES RETTET DICH, EIN-FACH »UN« ZU SCHREIEN?
NEIN...!
ICH WEISS WIRKLICH EIN BISS-CHEN WAS DRÜBER!
KOMM, LASS MICH LOS! BRINGT DOCH BLOSS STRESS, WENN DU MICH UMBRINGST.
UND WENN SCHON.
KLICK
CHAP

ドッ
FDIP
グウウウ
PNNNG
DU WIRST DIR IM NACHHINEIN DEFINITIV WÜNSCHEN...
... JETZT GESTORBEN ZU SEIN.
ピクッ
ZUCK
H... H... H...
ピクッ
ZUCK

GLEICH BIN ICH BEI DIR, MEIN LIEBSTER...
POLIZEI
POLICE
00-00

POLICE
SUGIYAMA-SAN, WAS IST PASSIERT?
WIR SIND ZU SPÄT.
IM HAUS LIEGEN ZWEI LEICHEN...
DIE ALTE DAME IST UNVERSEHRT. ABER DIE SPUSI MEINT...
... DA WÄRE EIN DRITTER TÄTER GEWESEN...
SCHEISSE...
DIESE VERDAMMTEN NINJA...

* Shinobi: wortwörtl. »jemand, der sich einschleicht«: ein Ninja

KATO-KUN BRINGT MIR IMMER FRISCHES MATERIAL.
DA MUSS ICH ZUSEHEN, DASS ICH NIEMANDEN ENTTÄUSCHE.
ガラ RATTER
WAS FA-SELST DU DA?! LASS MICH RAUS!
志能便
ガラ RATTER
UN! HÖRST DU? UN! ICH SAG AUCH ALLES, WAS ICH WEISS!
HEHEHE! MACH, WAS DU WILLST.
OB DU NUN RE-DEST ODER NICHT, IST EGAL.
ガラゴ RATTERD
LEBEND KOMMST DU HIER NICHT MEHR RAUS.
LASS UNS AUF DEINE LETZTEN TAGE ETWAS SPASS HA-BEN.
ガラゴ RATTERD
KAPITEL 17 ENDE

KAPITEL 18

ゴッ
FLK

ガァァァァ
SHRRRT

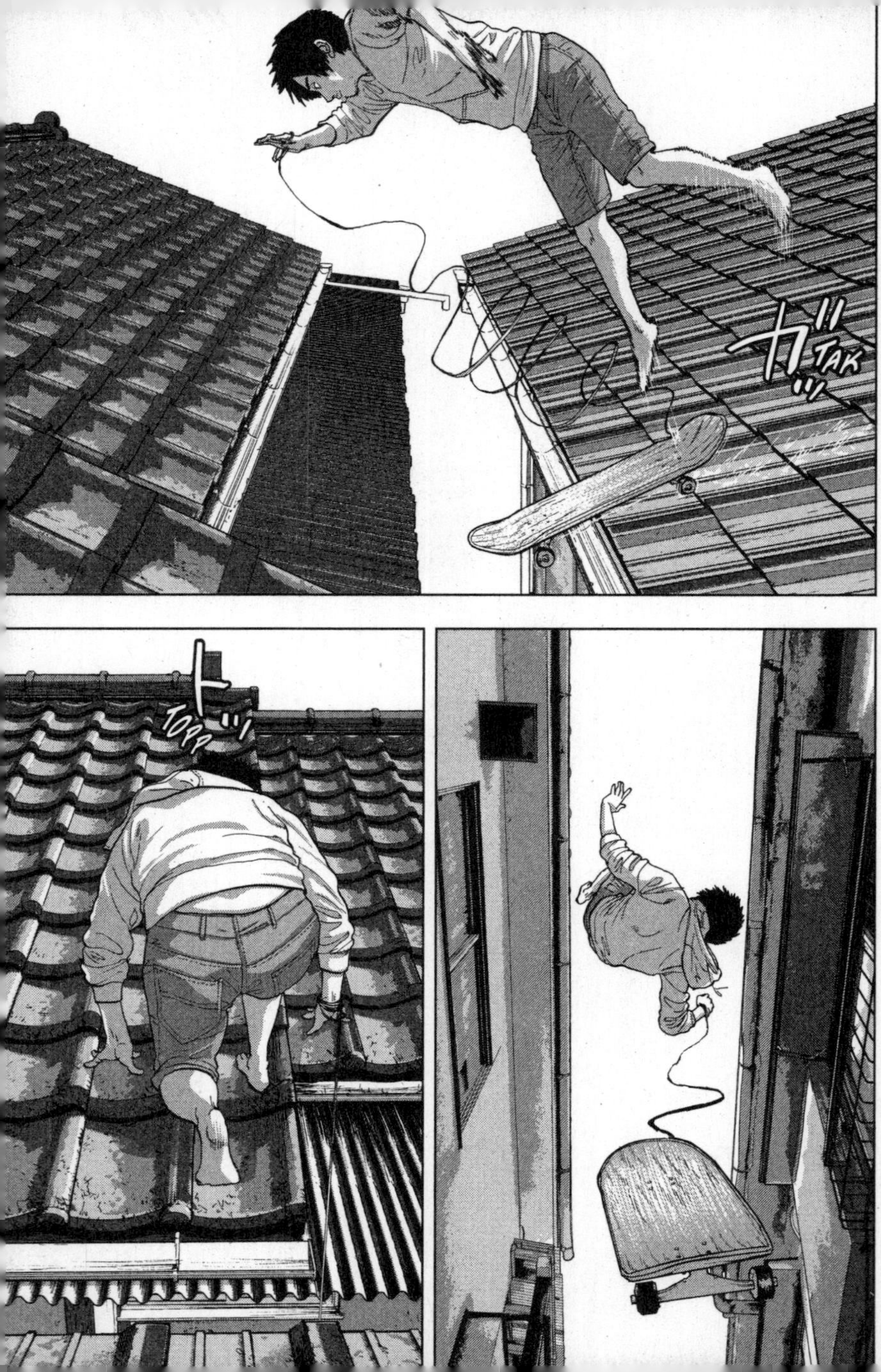
ガッ
TAK
トッ
TOPP

ガタ TANG
ゴト TONG
NICHT SO LAUT!
WAS MACHST DU DA?
MÖCHTEN SIE MIT RAUFKOM-MEN?
WAS?
KLAR! WARTE KURZ!
ICH HAB BIER DABEI.
カーン TANG
カン TANG
カーン TANG

LOS, HILF MIR MAL.
ICH NEHM GERNE DAS BIER.
SCHAFFEN SIE ES NICHT ALLEIN RAUF?
NEE, KRIEG ICH NICHT HIN.
LOS, HILF MIR. DU HAST MICH DOCH EINGELADEN.
OKAY, SIE SIND GENAUSO SCHWER WIE GEDACHT.
HNNNG
DANN BRAUCHST DU'S AUCH NICHT ZU SAGEN.

I LOVE NERIMA LIEF

WOW!

カシュッ KSSHY
カシュッ KSSHY
LADEN SIE MICH AUF DAS BIER EIN?
JETZT HAST DU'S JA SCHON AUFGE-MACHT.
KLAR LAD ICH DICH EIN.

ゴッ GLU
ゴッ GLU
ゴッ GLU

PUAAH!
IST WIE IN EINEM BIERGARTEN HIER. VOLL GUT!
HABEN SIE HEUTE FREI?
JA, WEIL ICH MEINE TAGE HAB.
ICH SOLL ABER KOMMEN, WEIL MANCHE KUNDEN DAR-AUF STEHEN.
STEHST DU AUF MENSTRU-ATIONS-BLUT?
VERSTEHE... HM, NEIN...
ICH KANN KEIN BLUT SEHEN.
ABER SAG MAL...
DU BIST JA IMMER NUR ZU HAUSE, ODER?
JA.
SEIT ICH HIER WOHNE, WAR ICH KEIN EINZIGES MAL DRAUSSEN.

EIN HIKIKO-MORI ALSO.
UND WIE MACHST DU DAS MIT DEM ESSEN?
HMM, ZUERST HAT MIR DIE VER-MIETERIN ...
... WAS ZU ESSEN VORGESETZT, WENN WIR UNS UNTERHALTEN HABEN.
SEIT SIE BETTLÄGERIG IST, GIBT'S KEIN ESSEN MEHR.
ICH LEB VON HYOROGAN-BÄLLCHEN ODER KRÄUTERN, DIE NEBEN DEM HAUS WACHSEN. ODER ONO-SAN GIBT MIR EIN BISSCHEN WAS AB.
ARBEITE DOCH!
AH!
ICH SEH ARBEIT JETZT NICHT ALS SCHEITERN, ABER ICH GLAUB, ICH WÜRD LIEBER STERBEN ALS ARBEITEN.
SO EIN BLÖDSINN!

UND WIE MACHST DU DAS MIT DER MIETE?
EIGENTLICH SCHNORRE ICH BEI IHM, ER HAT NÄMLICH EINE ZWEIZIMMER-WOHNUNG.
JA UND?
NA, ÜBER DEN WAND-SCHRANK IST MEIN ZIMMER JA MIT ONO-SANS VERBUNDEN.
ICH WAR AM BAHNHOF AUF DER SUCHE NACH EINER BLEIBE, DA WOLLTEN IHM SCHÜLER GELD ABKNÖPFEN.
ICH HAB DAS MITBEKOMMEN UND ONO-SAN RAUSGEHOLFEN. DARUM LÄSST ER MICH BEI SICH WOHNEN.
STECK DEINE ENERGIE DOCH LIE-BER IN DIE ARBEITS-SUCHE.
SOBALD ICH NUR ANS ARBEITEN DEN-KE, WERD ICH SCHLAGARTIG TODMÜDE. UND SCHLAF EIN.
DANN SCHLAF HALT NICHT.

ABER DU HAST DOCH...
... BALD DIESEN AUFNAHME-TEST. PACKST DU DAS?
WENN ICH LOSBÜFF-LE...
... WERD ICH AUCH TODMÜDE.
UND WARUM WILLST DU DANN AUF DIE SCHULE?
HÄ?
I LOVE NERIMA LIFE
DANKE.
EIN VER-WANDTER DRÄNGT MICH.
AH, DAS KENN ICH!
ALS ICH MITTEN IM SCHULJAHR VON DER OBERSCHU-LE ABGEGANGEN BIN, HABEN MEINE VERWANDTEN MICH AUCH SO GENERVT.
WARUM HABEN SIE DIE SCHULE GESCHMIS-SEN?

HMM...
ALSO...
ES ERINNERT SICH NIEMAND MEHR DARAN, ABER ENDE FE-BRUAR 2010 GAB ES EIN UNGLÜCK. MEINE ELTERN SIND DABEI UM-GEKOMMEN.
DANACH WAR MIR ECHT NICHT MEHR NACH SCHULE.

ENDE FEBRUAR 2010... ALSO AM 22.2. IM JAHR HEISEI 22? DER FALL 22-2-22.
DIE NINJA-KATASTROPHE...
SST
HM...

AH, DA FÄLLT MIR EIN.
ICH HAB DIESEN AUSLÄNDER AUF DER STRASSE GESEHEN.
IN SEINEM BLAUEN HOODIE IST ER GANZ NORMAL DIE STRASSE LANG-GELAUFEN.
ACH!
UND ER HATTE EINE VIERTKLÄSS-LERIN AUF DEN SCHUL-TERN.
SIE HATTE SPASS DA-BEI. DARUM DACHTE ICH, DAS SEI OKAY SO.
DIE ORGANI-SATION IST MÄCHTIG GE-NUG, UM ZU ERFAHREN, WAS DER TYP TREIBT.
WENN SIE NICHTS UNTERNEH-MEN, HAT ER DAS MÄDCHEN WOHL ALS GEISEL...
ICH MUSS MAL PINKELN UND WECHSLE GLEICH DIE BINDE.
ALLES KLAR.
SCHÖN AUFPASSEN BEIM RUN-TERKLET-TERN.

KLAR DOCH!
ICH FALL SCHON NICHT.
AUTSCH!
ズルッ
SLIPP
BONK

AAH!
BYAH

BFAH
WUMP

HM?
WAS IST DAS?
?!
NICHT RÜHREN, KU-RO-KUN! ICH RUF EINEN KRANKEN-WAGEN!
UND DAS KLO?!
FWASH
ICH HAB MICH SCHON EIN-GEPINKELT! BLEIB STILL LIEGEN!
IST DA EIN AIRBAG EINGE-BAUT?

VER-
STEHE.
BAND 2 – ENDE

UNDER NINJA

POWERED BY

Dacha Inc.

STAFF

Hanae Tanaka
Ayumi Takamatsu
Takeda Momoko
Jury Okamoto
Miki imai
Tomo Serizawa
Ikka Matsuki

SPECIAL THANKS TO

Kazunobu Goto
Systema Tokyo
(Takahide Kitagawa, Yutaka Kondo, Peter Hidehiko Shima)
Urban Union
Roche Inc.
Istari Comics
Kyuuwasitukoubou
Satake Cutlery MFG. Co., Ltd
Kenichi Tsuruoka
Shin Kuretake

Pressematerial mit freundlicher Genehmigung von: Kyodo News Images Inc.

VORSCHAU AUF DEN NÄCHSTEN BAND

SCHON IM HANDEL!

BAMM
AUF EINEN SCHLAG WIRD KURO UNGEHEUER AKTIV!!
KLIRR
FWUUH
KAUM AUF DER STRASSE, STEHT IHM SCHON EIN GLÄNZENDER AUFTRITT BEVOR!
BAND 3! BAL

UNDER NINJA

CARLSEN MANGA

Aus dem Japanischen von Nadja Stutterheim
UNDER NINJA

First published in Japan in 2019 by Kodansha Ltd., Tokyo
Publication rights for this German edition arranged through Kodansha Ltd.
Material provided: Kyodo News Images
Redaktion: Petra Lohmann
Textbearbeitung: Karen Eifler
Herstellung: Björn Liebchen

ISBN: 978-3-551-02758-0

FSC
www.fsc.org
MIX
Papier | Fördert gute Waldnutzung
FSC® C083411

Wir produzieren nachhaltig

- Klimaneutrales Produkt
- Papiere aus nachhaltigen und kontrollierten Quellen
- Hergestellt in Europa

HALT!

UNDER NINJA

ist eine japanische Serie, und in Japan wird von hinten nach vorn umgeblättert und von rechts oben nach links unten gelesen. Wir wünschen spannende Unterhaltung!